POLYNIE

DU MÊME AUTEUR

Chez le même éditeur

Crimes horticoles, 2006

Mélanie Vincelette

POLYNIE

roman

ROBERT LAFFONT

© Éditions Robert Laffont, S.A., Paris, 2011
ISBN 978-2-221-12387-4

Estime-toi

Sentence inuit

1

Vesse-de-loup

Île de Baffin. 3 mai. Archipel polaire canadien

« Les Chinois ont découvert l'Amérique. » C'était la phrase gribouillée au stylo sur l'avant-bras de mon frère, Rosaire, retrouvé sans vie un jour d'élection par Lumi, l'effeuilleuse étoile du bar de l'hôtel *Le Cercle polaire*. Quand elle a ouvert la porte de la chambre numéro 7 à la police, elle était nue sous un anorak et tenait à deux mains un verre de polystyrène rempli de thé bouillant sur lequel son rouge à lèvres avait déposé un baiser. Lumi, qui tentait de retenir l'anorak fermé sur son corps cuivré, ne semblait pas très émue. Sous le capuchon en fourrure blanche, ses yeux vert-de-gris et sa bouche en cœur ont dans les premières minutes empêché les policiers de penser qu'ils avaient devant eux un assassin.

Iqaluit, le village où se trouve *Le Cercle polaire*, est le Las Vegas du Grand Nord. On y joue au bingo et on y traîne dans les bars. *Le Cercle polaire* est connu pour sa pizza à l'omble de l'Arctique. Les touristes en rapportent souvent une boîte dans leurs bagages. Pour son dernier repas, Rosaire semblait avoir avalé des petites vesses-de-loup au beurre noirci, mangées à même un poêlon en fonte retrouvé dans la kitchenette. Dans la baignoire, il y avait de la luzerne hydroponique, qu'il cultivait avec la conviction que l'ingestion de ces pousses lui procurerait la jeunesse éternelle. C'est sur l'île de Baffin que Rosaire Nicolet a découvert le bonheur avant de rencontrer la mort. Je suis coupable d'une seule chose : de l'avoir envié, car sa vie a toujours été celle qu'il imaginait chaque nuit dans ses rêves.

Mon frère était un avocat en droit international. Il faisait partie d'un comité d'experts qui avaient pour mission de prouver que le plateau continental canadien était relié à la dorsale de Lomonosov, une chaîne de montagnes sous-marines. La dorsale de Lomonosov désignera un jour le propriétaire des richesses des fonds marins arctiques. Le Danemark, la Russie et le Canada s'en disputent la souveraineté. Les Russes y ont même posé leur drapeau à l'aide d'un mini-sous-marin. Dans le passé, Rosaire avait également aidé les Inuits dans leurs revendications territoriales, notamment lors de la création du Nunavut. Le jour de son décès, il était vêtu à la mode caribéenne et portait une veste en lin blanc galonnée de bleu avec un écusson nautique sur la poitrine, un bermuda de madras et des mocassins en cuir portés sans chaussettes. Ses cheveux blonds étaient brûlés par le sel de mer, son teint était foncé et ses lèvres d'un rose presque blanc. Des taches de calamine maculaient l'arête de ses mâchoires recouvertes d'une barbe de deux jours. Sa montre s'était arrêtée et indiquait 11 h 11. Sous le lit, il y avait un noyau de pêche dans un morceau de pellicule plastique. J'étais sous le choc. Tout cela paraissait incongru.

Lumi avait chuchoté une seule phrase à la police, quand elle avait appelé les secours :

— Je ne sais pas comment faire de la réanimation cardiovasculaire. Est-ce que je lui pince les narines et souffle ensuite dans sa bouche ?

Des cargos, des avions et des civilisations entières disparaissent régulièrement dans l'Arctique, ne laissant que des murmures et des questions irrésolues dans la blancheur laiteuse du paysage. Au moins, on savait que Rosaire n'avait pas été avalé par une baleine à bosse et qu'il n'était pas passé au travers de la glace, hypothèses souvent évoquées pour expliquer la disparition des explorateurs polaires. Résoudre un meurtre dans cette si petite communauté qui vivait en vase clos allait se révéler plus difficile que prévu, même s'il était presque impossible de s'échapper de l'île de Baffin. La route la plus longue ne fait que soixante-dix kilomètres et s'arrête en face d'un énorme glacier de soixante-cinq mètres de hauteur.

2

Les dangers de la scarlatine

Quand Rosaire s'est éteint, je besognais comme cuisinier pour une petite mine d'or à deux jours de traîneau d'Iqaluit. À l'embauche, on m'avait demandé si j'étais prêt à préparer de la baleine et du bœuf musqué. J'ai aimé mon métier de cuisinier. Ce boulot m'a toujours rendu la vie facile. Je ne suis pas de ceux qui comprennent les gens qui gaspillent leur existence à faire un boulot qu'ils détestent. Mais quand j'avais été engagé à la mine, je n'avais pas imaginé que je rencontrerais celle que j'allais toujours aimer, ni que je serais témoin de crimes innommables. Depuis la fin de l'hiver, je ne souhaitais qu'une seule chose : que la foudre nous frappe un jour, Marcelline et moi, dans le caveau à légumes.

J'écaillais la peau charbonneuse d'un omble chevalier pour en découvrir la chair rosée, quand j'ai appris le décès de mon frère. Je vois encore Marcelline, la belle glaciologue, les yeux bleuis par le malheur, debout entre les portes battantes, qui venait m'apprendre ce qui allait altérer ma vie.

— Ambroise, il s'est passé quelque chose de terrible à Iqaluit. Rosaire ne viendra pas nous voir ce soir. Rosaire s'est éteint. Lumi l'a retrouvé dans sa chambre, au *Cercle polaire.* La police croit qu'ils se sont querellés.

Marcelline avait dit cela doucement, en s'avançant vers moi comme si elle voulait enfouir son visage dans le col de ma veste de cuisine trop blanche.

— Vraiment ? C'est impossible. Il est monté au ciel ? ai-je marmonné, incrédule.

— Oui, Ambroise. Dieu l'a rappelé à lui, a-t-elle ajouté d'une voix cassée.

Un chant de gorge inuit comme un requiem murmuré par des enfants est monté en moi. Je n'ai rien répondu, hypnotisé par la symétrie parfaite du visage de Marcelline. Je n'avais pas vraiment assimilé ce qu'elle venait de me dire. La plupart du temps, quand elle me regardait dans les yeux, je devenais sourd. J'ai donc continué à fileter la chair saumonée, et j'ai jeté un coup d'œil vers la fenêtre protégée de l'hiver par une double couche de plastique transparent. Dehors, un renard blanc s'enfouissait sous le conteneur à déchets où se trouvaient trois renardeaux. La petite famille semblait avoir décidé d'abandonner la chasse et de vivre de nos restes, comme si elle avait gagné à la loterie.

J'avais l'âme sur les lèvres. Ma relation avec mon frère était forte, notre lien, inaltérable. Sans Rosaire, mon existence n'avait plus de forme. C'était comme si je venais de passer la nuit dehors, complètement nu. J'étais en hypothermie. Ma température avait baissé de deux degrés, j'avais la chair de poule, tous les poils de mon corps se sont redressés pour créer une barrière isolante supplémentaire. Je respirais difficilement, comme si mes poumons étaient d'acier. J'avais perdu toute sensation dans mes mains, et mon couteau à fileter a ricoché sur ma botte. Je me suis évanoui comme une jeune actrice le soir de la première, et mon 1,95 mètre est resté immobile sur le sol. J'ai toujours eu un teint de paraffine, mais là je devais être blanc comme le ventre d'une biche. Je gisais sur le plancher recouvert des feuilles du *Baffin Daily News.* Sur la page titre, on pouvait lire : *Même si le glacier de Rochemelon, dans les Alpes entre la France et l'Italie, disparaîtra si le climat se réchauffe encore de trois degrés, certains hommes politiques, en visite à Iqaluit, refusent d'avouer que la température augmente, en évoquant qu'en 1803 on avait récolté de la laitue un 26 décembre à Montréal, et que le 10 mai 2009, jour de la fête des Mères, il avait neigé.*

Marcelline s'est agenouillée près de moi, m'a pris dans ses bras, et j'ai senti ses lèvres sur mon lobe d'oreille.

— Ambroise, tes pupilles sont dilatées. C'est Lumi qu'on interroge en ce moment à Iqaluit. On croit qu'elle est coupable. On a retrouvé une phrase étrange inscrite sur le bras de ton frère : « Les Chinois ont découvert l'Amérique. »

— Elle lui a volé notre carte ? La carte de notre ancêtre, Jean Nicolet ? ai-je réussi à murmurer faiblement.

Lumi profitait largement du boom touristique et économique dans l'Arctique, rendu possible grâce aux changements climatiques et au recul de la glace.

Elle était strip-teaseuse au fameux bar de l'hôtel *Le Cercle polaire*, où on pouvait admirer la plus grosse tête d'ours blanc empaillée d'Amérique du Nord. Les strip-teaseuses y étaient habillées d'un mini-short de scout assorti à des bottes de travail et faisaient leur entrée sur scène assises sur un trapèze. Dans l'air opacifié par le tabac de contrebande, on décelait un mélange d'essence à motoneige et de beurre de karité.

Marie-Perle, qui avait brièvement fréquenté Rosaire et qui travaillait aussi au *Cercle polaire*, avait confié au journal local que Lumi était sûrement l'unique responsable du meurtre. Elle l'avait vue se battre avec Rosaire, la veille, dans les toilettes des femmes qui servaient aussi de loges. C'était une bataille d'une violence animale, où ils avaient fracassé deux des soixante-douze tubes fluorescents du lit de bronzage qui offrait un peu de luminothérapie dans la noirceur polaire permanente. Marie-Perle, une tartelette aux cheveux translucides comme du fil à pêche, portait en tatouage un petit blanchon dans le creux du dos. Sur la photo qui accompagnait l'article, elle posait une main sous le menton, les ongles manucurés, visiblement ravie d'être devenue en un jour l'effeuilleuse étoile du bar le plus populaire de l'île de Baffin. Un endroit où les serveuses, elles, portaient des minijupes à l'effigie du drapeau britannique et où plusieurs danseuses avaient le dos marqué par la scarlatine. Ces femmes souhaitaient plaire à tout prix pour recevoir de gros pourboires. Elles manipulaient les sentiments pour obtenir de l'argent en échange. Elles faisaient des clins d'œil de cils bétonnés et gloussaient à chaque réplique pour que les hommes se sentent admirés, qu'ils aient l'impression d'être importants et drôles. Au *Cercle polaire*, ils oubliaient l'existence même du contremaître et noyaient leur réalité de foreurs dans les rasades d'eau-de-vie. « Quand Lumi dit quelque chose, tu peux le goûter dans ta bouche, m'avait confié Rosaire. Si j'ai faim, je lui demande de dire charlotte à la fraise. »

Lumi, comme toutes les autres strip-teaseuses, injectait des doses de confiance aux mécaniciens, électriciens et machinistes à coups de baisers volés. Ainsi, cette année-là, elle avait promis à trois hommes, dont mon frère Rosaire et un jeune militaire, de les épouser. Cela faisait en quelque sorte partie de son métier. Elle vendait à chacun l'idée qu'il était unique. Lui faisait croire qu'il recevait un traitement spécial, car elle l'aimait, lui, pour de vrai, mais qu'elle n'avait pas assez d'argent pour quitter sa mauvaise vie. C'est ainsi qu'elle avait eu trois prétendants en même temps et qu'elle avait pu demander en cadeau de fiançailles à chacun pour le Jour de l'an des étrennes singulières : non pas une bague ou un diamant solitaire, mais une police d'assurance dont elle serait l'unique bénéficiaire. Cela ne signifiait pas qu'elle avait de l'étoffe d'un assassin. Mais la rumeur qui circulait à Iqaluit laissait planer que Lumi était peut-être à la solde des Russes et qu'elle fréquentait les jeunes militaires naïfs dans le but de leur soutirer des secrets d'État.

Plus les populations sont isolées, plus les rumeurs

qu'elles font courir sont fantaisistes. Rosaire, lui, avait été soupçonné à l'époque de ses négociations avec les chefs inuits de collusion avec Brice de Saxe Majolique, l'excentrique patron de la mine d'or. Lumi était douée pour son travail, elle avait une excellente réputation et avait toujours dit qu'elle travaillait pour un jour finir ses études à l'université. Le hasard a fait que Rosaire, qui était un de ses trois fiancés, a été retrouvé sans vie dans sa chambre d'hôtel. Lumi s'apprêtait donc à encaisser une police d'assurance de plus de un million de dollars. Mais, au nord du soixantième parallèle, les choses pouvaient tourner au vinaigre rapidement.

C'est Marcelline qui m'a ramené à la vie. Debout dans la cuisine, enfournant mécaniquement un pain aux herbes salines, mes bottes de travail sur le *Baffin Daily News*, je réfléchissais à cette phrase écrite sur l'avant-bras de mon frère : « Les Chinois ont découvert l'Amérique. » C'était une référence très claire à notre mappemonde, une reproduction d'une carte chinoise datant de 1418. Une carte qui suggérait que l'histoire du monde telle qu'écrite par des académies d'historiens depuis des siècles devait être réécrite.

Les premières heures de deuil ont été étranges. J'étais persuadé que Rosaire n'avait pas succombé, qu'il s'était caché sur une île caribéenne pour une raison qui me serait révélée ultérieurement. Empesée par le deuil, l'âme humaine prend parfois les détours les plus lumineux pour se protéger des faits qui assomment. J'étais incrédule.

3

La croqueuse de diamants

Mon nom est Ambroise Nicolet et j'ai perdu mon frère Rosaire dans l'archipel polaire canadien. Ce soir-là, tous les employés de la mine s'étaient réunis sur le rivage pour voir la première congrégation de bélugas entrer en silence dans la baie. Marcelline était restée avec moi en cuisine, car il m'était impossible de quitter la mine sur-le-champ. Je lui avais préparé des capelans en colère, des poissons dont on fait se mordre la queue avant de les plonger dans la friture.

— J'ai été élevé dans une pourvoirie de pêche sur la glace, la fameuse pêche blanche. Les capelans en colère, c'était le plat préféré de Rosaire. Tu aimes ?

— Oui, j'adore. Tu as beaucoup d'imagination pour mettre en valeur les produits de la région.

— En ce temps-ci de l'année, il y avait de la morue arctique dans la baie d'Hudson avant, maintenant les bancs sont remplacés par du capelan bien plus petit.

— Les ours vont avoir faim cette année, alors.

— Rosaire me disait souvent que la vie se transformait sans cesse. Qu'il fallait savoir s'adapter. Il disait que c'était la garantie qu'on ne s'ennuie jamais très longtemps. Il répétait que je sous-estimais mon désir de changement, mais que l'Univers, lui, s'en chargerait pour moi, en parsemant mon chemin d'enseignements imprévisibles.

— La disparition de Rosaire est un obstacle imprévu.

En murmurant cela, les yeux couleur mastic de Marcelline s'étaient remplis de compassion. Je décidai de lui raconter un des souvenirs les plus marquants que j'avais de Rosaire, notre petite vendetta.

— À douze ans, j'ai lancé une cerise avec une sarbacane sur la paupière de Rosaire et je l'ai presque éborgné. Son œil s'est vite refermé, comme une plante carnivore. Il était devenu violet et gonflé comme une aubergine. C'est à ce moment précis que j'ai commencé à devoir survivre. Survivre à Rosaire et à la violente vendetta qu'il préparait. J'ai survécu à sa guerre silencieuse en regardant toutes les quinze minutes par-dessus mon épaule pendant trois mois et demi. Sa vengeance s'est abattue sur moi lorsqu'une occasion s'est enfin présentée. Dans un instant qu'il a qualifié plus tard de « panique », il a décroché du mur la carabine à plombs que notre père utilisait pour abattre les lièvres et il m'a tiré dessus à bout portant, alors que je courais vers la forêt. J'ai été atteint d'un plomb à la fesse et je ne m'en suis jamais plaint à notre mère, de peur qu'elle nous punisse sauvagement tous les deux.

— Ton frère t'a tiré dessus et tu ne l'as dit à personne ? À cet âge, on est si ingrat pourtant qu'on saute sur la première occasion pour accuser son frère.

— Le pire, c'est que j'ai gardé le secret et j'ai ce plomb dans le derrière depuis. La blessure a guéri, mais j'ai parfois pensé à le faire retirer.

Marcelline contenait difficilement son rire. Je continuais sur ma lancée.

— Je sais que Rosaire s'était senti très coupable. Je ne lui ai jamais avoué que je lui en voulais. J'ai su lui pardonner assez vite. Quand une femme touchait à mes fesses et à ce plomb et me questionnait au sujet de cette étrange petite bille sous la surface de ma peau, j'avais parfois l'impression d'avoir capitulé trop tôt. Je n'ai pas su me défendre contre mon frère. Rosaire a toujours été plus beau, plus intelligent, plus à l'aise socialement que moi. Maintenant qu'il n'est plus, je garderai toujours ce plomb en moi, en souvenir de notre enfance.

— Tu n'envisageras plus jamais de le faire retirer ?

— Je n'ai jamais parlé à Rosaire de ce plomb. Pour rien au monde, je n'aurais voulu qu'il s'inquiète pour moi. Avec mon silence, je lui ai offert mon pardon.

Cette nuit-là, dans la cafétéria aux lumières éteintes, nous avons parlé sans répit, Marcelline et moi. Je lui ai expliqué combien Rosaire m'était cher. Comment notre lien fraternel a longtemps été pour moi un mode de survie. Rien n'était difficile en sa présence royale, noble, infinie. Les amours étaient malléables et courtes, mais mon frère était et aurait dû toujours être là lorsque la vie me tournait le dos. Avec lui, j'avais développé un lien quasi évangélique. Il était le seul à tout savoir.

Je n'avais jamais pensé qu'un jour j'allais devoir apprendre à survivre sans lui. J'avais aussi beaucoup de mal à croire ce que racontait Marie-Perle, la croqueuse de diamants. Lumi ne pouvait pas lui avoir enlevé la vie.

4

La moufette du Montana

Notre ancêtre, l'explorateur Jean Nicolet, a remonté le Saint-Laurent, en 1642, pour rejoindre les Grands Lacs, aussi vastes que des mers. Il portait une robe Ming, brodée de fils de plumes de paon, à motifs floraux de couleur corail. Saoulé par les récits de Marco Polo, Jean Nicolet croyait arriver dans le pays de toutes les curiosités. Il allait manger de la compote de rhubarbe dans de la porcelaine bleue, servie par une jeune fille aux yeux en amande, vêtue de soie crue, aux cheveux lisses comme du pétrole et noués en une longue natte. Jean Nicolet portait une tenue digne des mandarins qu'il pensait rencontrer. Son armada de cinquante canots hurons chargés de peaux remontait la vallée du Saint-Laurent vers l'ouest. Il avait en sa possession une carte étrange, une reproduction d'une mappemonde datant de 1418 qui montrait que les Chinois avaient exploré les côtes du Nouveau Monde bien avant Christophe Colomb. Une route vers le continent arctique y figurait même à l'endos, tracée avec un bâton grossier d'indigo, à main levée. Une carte qui allait par la suite être déclarée cartographiée et datée par un faussaire.

Un des premiers endroits où Jean Nicolet a débarqué est devenu une ville qui porte aujourd'hui le nom de Lachine. Comme plusieurs explorateurs après Christophe Colomb, Jean Nicolet n'avait alors qu'une idée en tête : trouver le céleste empire.

Dans la cafétéria, j'étais assis en face de Marcelline, qui n'avait pas mangé un seul capelan en colère. Elle me demandait pourquoi quelqu'un avait inscrit cette phrase étrange sur le bras de mon frère.

— C'est dans le grenier de notre père que Rosaire a trouvé les archives de notre ancêtre, Jean Nicolet, ainsi qu'une vieille carte du monde qui allait changer le cours de nos vies. Je n'imaginais pas qu'elle allait jouer aussi un rôle dans la mort de Rosaire.

Pourquoi avait-on tué Rosaire ? « Les Chinois ont découvert l'Amérique. » Je n'arrivais pas à démêler cette histoire dans ma tête. Que signifiait cette phrase sur son avant-bras ?

J'avouai mon incompréhension à Marcelline.

Les dimanches d'été, quand nous étions jeunes, nous avions l'habitude de fouiner au grenier dans les boîtes contenant les archives familiales. Rosaire y avait trouvé un cahier rempli de photos et d'anecdotes. Il avait appartenu à notre défunt oncle, qui avait voyagé vers l'ouest sur les traces de son ancêtre. Il y racontait que Jean Nicolet avait débarqué dans une communauté amérindienne, qui s'était enrichie à la suite du commerce des fourrures et des nombreux échanges avec les Européens. Il avait pénétré dans une forêt de feuillus, où un miroir était suspendu à chaque arbre. C'étaient les indigènes qui les avaient accrochés là, après les avoir reçus en échange de peaux d'hermines, de castors, de loups. Dans cette forêt de miroirs luxueux dorés à la feuille d'or, on voyait son reflet multiplié par mille dans des glaces parfois convexes, parfois en biseau, au tain souvent altéré par les intempéries. J'étais conquis par la vie de Jean Nicolet. Ces récits m'ont donné le goût de l'aventure, l'envie d'arpenter des mondes inconnus. Mon clapier était ouvert.

Alors que Rosaire a pris le chemin de l'université, j'ai choisi de faire des petits boulots. Avant de devenir cuisinier dans l'Archipel polaire canadien, j'ai conduit un 18-roues sur les routes de glace du Grand Nord. Ma timidité m'empêchait de fréquenter les femmes qui cherchaient des amants de passage parmi les travailleurs saisonniers. Mon frère me rendait visite à Noël, pour se détendre. J'avais toujours plus de chances avec les filles quand il était là. Il agissait comme un aimant qui les attirait. Il était un piètre danseur, mais il dansait tous les soirs. Il adorait chanter au karaoké et il frappait d'une main distraite sur un tambour en intestin de lion de mer et raflait tous les prix. Même son doigt amputé lui conférait une aura de mystère qui faisait chuchoter les femmes. Il savait commenter les vins avec une poésie qui provoquait les soupirs de ces dames. « Ce vin de vendanges tardives a des arômes de raisins secs, d'or liquide et de mousse terreuse. » Les yeux des filles s'illuminaient.

Il portait un stupide chapeau en fourrure de putois, doublé de laine polaire, que les femmes aimaient flatter. C'était littéralement comme s'il avait eu une moufette assise sur la tête, sa longue queue noire striée de blanc lui tombant dans le cou. Même avec cette toque ridicule, il demeurait irrésistible, car il inspirait aux femmes une confiance inébranlable. Elles venaient à lui, caressaient la queue de l'animal, et il répondait : « C'est une moufette du Montana, je l'ai tuée moi-même. » Il n'avait pas encore compris que tuer un putois n'avait rien de très viril dans un lieu situé si au nord que l'hiver le soleil se lève et se couche une heure plus tard. Ici, on chassait la baleine en équipe de six.

Mon frère venait d'avoir trente-cinq ans.

5

Amours polaires

Quand je pense à Marcelline, j'ai en tête la suite de Fibonacci, dont chaque nombre, dans la formule mathématique, est la somme des deux précédents. On en retrouve des applications dans la forme spiralée des coquillages, des tournesols, des ananas et des pommes de pin. La perfection. J'avais entendu Rosaire demander au pasteur de la mine si l'église anglicane Saint-Jude d'Iqaluit du diocèse de l'Arctique, détruite par les flammes et reconstruite en gros blocs de béton peints en blanc, respectait les règles de cette suite, à cause de sa forme en igloo.

Marcelline était une jeune glaciologue mais aussi une fille engagée. Militante altermondialiste, elle avait été responsable d'un site Internet qui avait contribué à la fermeture du café Starbucks dans la Cité interdite, en Chine, sept ans après son ouverture. Elle travaillait depuis à fermer le McDo du Carrousel du Louvre. À plusieurs égards, elle ressemblait à Rosaire, car elle était une femme de conviction, alors que la plupart des militants modernes sont des gens d'opinion. Pour elle, le travail et le chemin à prendre s'effaçaient devant le résultat.

Elle voulait toucher au but. Marcelline portait du mascara bleu, peignait ses ongles en noir vinyle, et, sur son bras droit, à l'endroit où les marins arboraient des ancres ou des sirènes, s'illuminait une demi-manche de tatouages d'art inuit, où s'entrelaçaient un ours polaire volant et un caribou qui tirait la langue. Elle passait tout son temps libre dans la cuisine avec moi, et elle aimait écouter Siouxsie and the Banshees. Elle incarnait parfaitement la statistique suivante : 55 % des femmes en Amérique du Nord préféreraient obtenir un prix Nobel que de faire l'amour pendant un an avec leur homme célèbre favori.

Le bonheur de Marcelline n'était pas inné. Elle le cultivait tous les jours. Elle puisait son contentement dans les détails. Ce soir-là, dans la cafétéria, elle s'était levée de table pour débarrasser nos assiettes dont la sienne, restée intacte. Devant mon désarroi muet, Marcelline, peut-être coupable d'avoir été la messagère de mon malheur, était allée chercher le porto de cuisson caché dans le caveau à légumes, sous le filet de dix kilos d'oignons, et m'en avait versé une bonne rasade dans un verre rempli de neige. Même assise à une table en mélamine beige, elle était belle comme jamais. Elle portait un jean très pâle, d'un bleu presque blanc, et un chandail trop grand pour elle, tricoté de motifs de flocons de neige.

— Bois un peu, cela va te calmer.

Les cruchons de six litres de porto australien étaient le seul alcool que nous réussissions à faire passer sous le radar des gardes de sécurité, sous prétexte que j'en avais besoin pour déglacer la sauce du rosbif.

— C'est du vin de cuisson, mais ce n'est pas si mal, il a une odeur de bonbon poisson rouge et de vernis à ongles perlant, a-t-elle dit pour m'arracher un sourire.

J'aimais Marcelline, mais je n'avais jamais eu le courage de le lui dire. Elle m'intimidait. Elle était trop bien pour moi. Elle s'intéressait à la vie. Avec elle, chaque jour, j'apprenais des choses nouvelles. Elle connaissait mille mots pour décrire les différents cristaux que l'on retrouve dans la glace. Elle voyait des motifs de fleurs et de fougères dans les pare-brise des camions-bennes et sur les lacs gelés.

Marcelline avait été engagée par Brice de Saxe Majolique, le patron de la mine, pour montrer qu'il avait une conscience écologique. Elle avait écrit une thèse de doctorat qui contenait des informations impopulaires auprès des manifestants du dimanche, qui préféraient les cocktails Molotov et les vitrines brisées aux informations scientifiques. Elle n'aimait pas les faux intellectuels, ceux qui sont toujours en opposition, et vénérait les Inuits qu'elle décrivait comme un peuple courageux capable de nuances. Elle croyait au pouvoir de la volonté, et ses recherches lui avaient démontré que le réchauffement climatique avait commencé vers 1820, à la fin du « petit âge glaciaire », c'est-à-dire bien avant la production de gaz à effet de serre d'origine humaine.

Après que Marcelline m'a annoncé la mort de Rosaire, je me suis senti incapable de quitter la mine pour me rendre à Iqaluit. J'ai décidé de continuer à travailler. Marcelline m'avait fait comprendre qu'il serait plus facile de ne pas devenir fou en me rendant utile. Sans elle, je me serais peut-être réfugié dans ma tente et je serais resté immobile sur mon lit, jusqu'à ce que l'on envoie un hélicoptère médical pour me sortir de ma prostration.

Le lendemain, j'avais vécu le pire matin de ma vie. J'avais un mal de tête incroyable et Kujjuk, mon laveur de vaisselle, était absent, il avait rejoint sa grande-tante malade dans son village natal. Durant son temps libre, Kujjuk fabriquait des bijoux. À ma demande, il avait sculpté dans une défense de narval une petite bague pour Marcelline que j'avais malencontreusement cassée cet hiver. Il m'en avait fait une autre, encore plus belle, que je gardais à l'abri dans mon portefeuille, en attendant de trouver le courage et le meilleur moment pour l'offrir à Marcelline. Kujjuk était un homme sans attaches qui avalait au moins douze pêches velues par semaine. Un caprice qui coûtait deux mille deux cent quarante dollars par mois à sa famille, propriétaire de la seule chaîne d'épicerie de l'île de Baffin. Kujjuk portait des lunettes d'aviateur, qu'il remontait sur son nez avec l'index cinquante fois par jour. Il se coupait souvent en se rasant et collait de petits morceaux de papier-toilette sur sa peau avec de la calamine pour calmer les brûlures. C'était un homme qui parlait peu. Il avait perdu un bras dans un grave accident de boucherie à l'âge de quatorze ans. En dehors du travail, il refusait de porter sa prothèse, qu'il surnommait sa « main bionique » devant les enfants qui le regardaient avec des yeux ronds. Il vivait avec son moignon de façon conviviale. Il ne demandait jamais à son voisin de table de l'aider à couper son steak : il plantait son moignon au cœur de la pièce de viande pour la retenir et la coupait avec un couteau suisse bien affûté qu'il gardait toujours dans sa poche. Kujjuk était adoré de tous, car il savait vivre le moment présent. Dans les soirées, il glissait du THC dans les martinis à la bière d'épinette des filles et les ramenait chez lui en conduisant sa motoneige soûl, d'une seule main, sur les pistes en lacet et sans éclairage. Un jour, il allait se faire embrocher par un conifère.

Kujjuk était remplacé par son cousin, qui m'avait dit que le patron de la mine était passé et qu'il voulait me voir dans la journée. La peur de me faire licencier s'était abattue sur moi. Le cruchon de porto était resté sur la table de la cafétéria et je n'avais plus aucun souvenir de la veille. L'alcool n'était toléré sous aucun prétexte dans le camp. Chaussée de bottes Sorel, et vêtue d'un parka en laine bleue, aux poches brodées de deux esquimaux en kayak de mer, Marcelline, la tête enfouie dans sa capuche doublée de fourrure de loup blanc, était entrée dans la cuisine en sifflant. J'avais senti l'odeur sulfureuse des entrailles de la Terre. Elle arrivait de sa petite serre où elle faisait pousser des variétés ancestrales de légumes sous des lampes fluorescentes, comme ces tomates de trois variétés différentes, pas plus grosses que des billes. Elle avait déposé son filet bleu sur le comptoir en acier de la cuisine. Dedans, de minuscules tétons de Vénus, de petites noires de Crimée et une dizaine de cornues des Andes. Marcelline portait en elle des miracles. J'avais coupé les tomates en minitranches, que j'avais parfumées avec une seule feuille de thé du Labrador et de l'oseille de toundra en chiffonnade, avant de les dévorer comme s'il s'agissait de son cœur. Elle ne se doutait de rien. Elle ne savait pas que les soirs d'été, quand le soleil de minuit rendait le sommeil impossible, je m'asseyais sur l'œil rocheux où rampait du lichen vert tendre, à la lisière du camp qui surplombait le détroit d'Hudson, et, plus loin, la baie d'Ungava, pour lui écrire des lettres. Elle croyait que, comme elle, j'écoutais le craquement de la glace, des sons qui avaient dix millions d'années, alors que je lui écrivais dans un cahier à spirale. *Chaque jour, j'ai peur de toi.* Des missives que je déchirais, une fois le soleil couché.

— Ce matin, je suis descendue dans la mine voir notre Eldorado. J'aime contempler les veines d'or. J'ai l'impression qu'elles émettent des vibrations qui guérissent de la mauvaise humeur. Tu devrais aller voir les méandres de la croûte terrestre, Ambroise.

— Tu ne devrais pas descendre dans la mine, c'est trop dangereux. Ton travail consiste à observer le recul de la glace. Mon travail est de préparer des filets de poissons.

— Parfois, j'en ai marre de faire l'arpenteur-géomètre, de prendre des mesures du rognon rocheux. J'ai besoin de me mettre en danger. Tu n'as pas à me dire quoi faire.

— Tu n'as pas peur du gaz ? La semaine dernière, cent sept mineurs chinois ont trouvé la mort à la suite d'une explosion.

— Écoute, Ambroise, au XIXe siècle, les mineurs descendaient dans la mine avec un canari jaune, et, si l'oiseau s'agitait, ils remontaient aussitôt. Aujourd'hui, c'est beaucoup moins dangereux.

— J'ai déjà eu une copine qui avalait tellement de gin tonic qu'elle buvait l'eau de la cuvette des toilettes dans les bars. Disons que, toi, tu te mets en danger de façon un peu plus complexe, Marcelline. Vais-je réussir à te sauver de ton désir de mort ?

— C'est pas à toi de me sauver.

— Ici, personne ne s'en sort. Tous les administrateurs blancs se cherchent une arrière-grand-mère avec un huitième de sang autochtone pour avoir le statut d'Indien et ne pas payer leurs impôts, leur compte d'électricité et chasser hors saison. C'est la mort assistée.

Marcelline ne m'écoutait plus. Elle se dirigeait vers Tommy, le pilote, installé dans la cafétéria.

En moi, vivait la sombre et étrange idée que la vie de Marcelline était en péril et que je devais la protéger, comme si son existence était menacée. Lorsque je m'inquiétais pour elle, elle me jetait des regards abrasifs. Marcelline perdait patience. Elle ne comprenait pas mon manque de clairvoyance, mon incapacité à lire ses pensées et ses désirs. Dans ce pays de glacis, je n'arrivais pas à être en phase avec elle. Mon instinct protecteur, exacerbé par la perte de mon frère, l'énervait.

6

L'orpailleur

Devenu marxiste à dix-huit ans, Brice de Saxe Majolique avait été le premier de sa lignée à travailler depuis un millénaire. Sa mère aimait dire que sa famille était de celles qui avaient conseillé politiquement les Médicis. Elle faisait souvent suivre cette affirmation d'un rire qui ressemblait au cri d'un carcajou prêt à mettre en pièces sa proie. En vérité, les ancêtres de Brice cultivaient une melonnière près d'une de leurs résidences d'été, ce qui lui avait valu son premier surnom de Prince melon. Las d'observer les nuances du jaune selon l'heure du jour, assis dans le canapé recouvert d'une guipure fanée qui trônait dans le séjour familial depuis le XVIIe siècle, Brice de Saxe Majolique avait décidé de se mettre au travail, malgré les crises de fou rire que cette décision avait provoquées chez ses cousins et cousines qui, eux, avaient encore soif du farniente que procure la Riviera méditerranéenne.

Brice de Saxe Majolique n'était pas devin, mais il était prince, ce qui le rendait charmant auprès des dames. Il avait des visions poétiques du travail. Prince excentrique devenu prospecteur, Brice de Saxe Majolique avait mis du temps à trouver sa vocation. Ses expériences en tant qu'entrepreneur étaient variées. Il avait été taxidermiste à Paris pendant dix ans, mais c'est dans l'Archipel polaire canadien qu'il était devenu orpailleur : celui qui cherche les alluvions aurifères dans le lit des cours d'eau. Il avait alors été couronné du surnom de Prince orpailleur. Enthousiaste, il avait acheté des parcelles de terre pour une bouchée de pain et implanté la mine d'or de Kimmirut, à laquelle il avait donné le joli nom de Chrysostome inc. Le jour de l'ouverture de la mine, il s'était fait poser une couronne en or sur son incisive gauche, pour la chance.

Ce matin-là, après m'avoir offert ses tomates, Marcelline avait petit-déjeuné avec Tommy le pilote et était partie travailler sans me saluer. Je n'avais pas eu le temps de lui dire que j'étais convoqué par le grand patron, qui allait peut-être nous licencier pour avoir consommé de l'alcool la veille. J'étais sorti de la cuisine quelques instants pour reprendre mon souffle, pour respirer l'odeur métallisée qu'exhale le cœur de la mine. Même les jours peu venteux, à Kimmirut, l'air était chargé de l'odeur des carats que contenait la terre : talc, gypse et or. La fine couche de neige semblait avoir été brodée au crochet par une dentellière sur les falaises noires de roche volcanique et une sterne s'était posée devant moi. J'ai fait un vœu en pensant au jour où mon père avait agrafé une aile de moineau dans la paume de Rosaire, en vociférant que, s'il voulait être libre, il devrait apprendre à voler. Je portais ma toque verte, celle avec le logo de la centrale hydroélectrique LG-3, et une chemise de chasse rouge. L'air froid commençait à solidifier le liquide de mes globes oculaires, mais je ne voulais pas rentrer. Dans cette région, on ne restait jamais longtemps à l'extérieur, même au printemps, de peur que les poumons ne deviennent des citernes de glace. Rosaire toujours. Même adulte, sa présence avait toujours eu sur moi l'effet du souffle du bœuf qui réchauffait l'enfant dans la crèche de la nativité. Je commençais tout juste à comprendre son absence, quand soudain, au-dessus de ma tête, un harfang des neiges en plein vol a poussé un cri qui m'a fait sursauter. Il tenait dans ses griffes un petit poisson près de son corps pour éviter qu'il gèle. C'était la première fois que je voyais cet oiseau chasser en plein jour. Ça m'a paru étrange. C'est à ce moment que j'ai entendu au loin la voix du propriétaire de la mine.

Brice de Saxe Majolique se faisait entendre bien avant de se trouver dans votre champ de vision. Il se comportait comme le vice-roi de l'île de Baffin. Derrière moi, je l'entendais crier dans son téléphone cellulaire : « De toute façon, je ne dors que trois soirs par semaine. Je suis trop occupé. Je ne peux pas me permettre de dormir. Le sommeil porte en lui l'odeur de la mort. Vous allez devoir contacter ma secrétaire pour obtenir un rendez-vous. Je suis prospecteur minier, et ma compagnie est cotée en Bourse. »

Marie-Perle, la strip-teaseuse étoile qu'il ramenait à la mine un week-end sur deux, le suivait au pas. Ils avançaient vers moi, revêtus de manteaux blancs Canada Goose. Le capuchon de la fille était recouvert de fourrure de renard nordique, le sien, de lièvre de l'Arctique. Brice a rangé son cellulaire et a enlacé Marie-Perle au milieu des camions jaunes, hauts comme des immeubles de neuf étages. Dans leurs manteaux gonflés de plumes d'oie, ils n'arrivaient pas à garder leurs bras le long de leur corps et ressemblaient à deux Câlinours qui venaient m'apporter leurs condoléances inutiles. La rumeur du jour, propagée par des foreurs, racontait que le patron et sa danseuse secrétaire avaient été surpris dans une position compromettante, vers minuit, au niveau 3 de la mine, leurs lampes frontales rythmant leurs amours.

Marie-Perle est venue me parler en premier. Ses yeux étaient d'un bleu galvanisé. Elle a ouvert la bouche pour lancer une énormité :

— Ambroise, je suis vraiment désolée pour ton frère. C'était un homme beau et intelligent. Toutes les femmes d'Iqaluit rêvaient de l'épouser. Mais, lui, il a préféré traîner avec cette salope de Lumi. Elles se trompaient. Le meilleur des deux selon moi, c'est toi. Vos visages se ressemblent, mais pas le reste. Pourquoi es-tu si réservé ? Les filles croient que tu n'es pas intéressé…

Je suis très grand. C'est à peu près tout ce qui me rapproche physiquement de mon frère. Ma barbe est forte et noire, alors qu'il était quasi imberbe et blond. Quand il cessait de se raser pendant les séries éliminatoires de hockey, sa barbe poussait en grappes et ressemblait aux cheveux frisés d'une princesse rousse. J'imaginais bien ce que Marie-Perle, elle, pouvait en penser. Brice de Saxe Majolique portait des lunettes de ski dans lesquelles je ne distinguais que mon image renversée. L'orpailleur a soudain parlé, sans retirer ses verres miroirs :

— Dans ce pays de glace, on ne peut jamais rien prévoir. Ton frère a beaucoup contribué à la cause des Inuits. Sa vie nous a tous servis.

J'ai mis mon fusil de chasse en bandoulière, puis j'ai enfourché la motoneige qui était garée près de trois gros poissons congelés, piqués dans la neige. Je voulais abréger cette conversation au plus vite.

— Merci à vous deux, ai-je répondu, avant d'embrayer et de filer sur la glace si mince qu'elle était bleue.

Si j'avais été comme mon frère, j'aurais profité de cet entretien avec le patron pour lui demander une augmentation de salaire ou une promotion. Ce matin-là, je me suis simplement enfui vers le poste de sortie de la mine. J'ai toujours eu du mal à m'affirmer. Je détestais ce Brice de Saxe Majolique. Lorsqu'il s'attardait dans la cuisine, son lévrier gobait des cubes de sucre sur la table de service avec sa langue. Son maître, lui, feignait de ne pas le voir.

7

Le nouveau Klondike

Le mot « glace » a été utilisé pour la première fois en Occident par Chrétien de Troyes afin de désigner un miroir. Au pays des métaux précieux, j'avais l'impression d'être deux fois moi-même, de voir mon image reflétée partout : dans l'eau gelée, quand nous survolions le détroit du Vicomte de Melville, dans les montagnes roses au coucher du soleil, dans les aurores boréales qui ondoyaient comme des rideaux de soie sarcelle dans le ciel noir. Au Nunavut, la nature n'accordait aucun passe-droit : tous les hommes étaient fragiles et n'avaient d'autre choix que de dire la vérité au risque de perdre leur vie.

La mine d'or se trouvait derrière ce que les Inuits appellent le Rocher des violettes, vers le nord, à deux jours en traîneau à chiens d'Iqaluit, la capitale du Nunavut. Les habitants de l'île de Baffin aimaient dire que tous les éléments du tableau périodique étaient présents en abondance dans leur sous-sol. Ici, jadis, on avait échangé des casseroles contre des mitaines en peau de phoque. Maintenant, des bimoteurs remplis de touristes traquaient des icebergs presque aussi grands que la France et des baleiniers malchanceux se faisaient tirer vers le fond avec leur équipage par des cétacés qui pesaient des tonnes. Sur l'île de Baffin, les Blancs venaient travailler avec l'idée de faire fortune grâce à leur salaire gonflé par les primes d'éloignement et toujours avec l'arrière-pensée de mettre une énorme pépite d'or brut dans la poche de leur anorak. Une pépite qui paierait les études universitaires de leurs enfants et petits-enfants et aussi leur retraite.

Brice de Saxe Majolique était de cette variété d'hommes qui refusaient de s'avouer coupables. Il était capable de tout nier, même d'avoir volé l'église dont le clocher dépassait de son flanc. Délaissant ses idéaux marxistes qui l'avaient mené au travail, il avait développé un esprit compétitif qui dépassait tout entendement. Dans le Nord, il est facile de faire fortune. Les possibilités sont nombreuses. À la mine, l'échelle salariale commençait avec Kujjuk, mon laveur de vaisselle, futur héritier de la chaîne de supermarchés Coop-Nordis, qui gagnait soixante-dix dollars l'heure. Nous travaillions douze heures par jour, sept jours sur sept, pendant quatre semaines. La mine de Kimmirut était un camp sec, c'est-à-dire qu'il était interdit d'y posséder des drogues ou des spiritueux. Tous les trois mois, nous avions droit à deux semaines de vacances, que la plupart passaient dans le Sud.

Avec la motoneige, je suis allé jusqu'au trou aux coquillages. Quand la marée est basse, je viens y cueillir des pétoncles. L'endroit est tissé de silence. J'ai arrêté la motoneige. Je pensais toujours à Rosaire et une grande tristesse m'avait envahi. Je songeais aussi à ma vie, avant la venue de Marcelline au camp : la routine, les filets de poisson, la couleur blafarde des tubes fluorescents. Marcelline était une source d'angoisse perpétuelle pour moi. Son étrange odeur aurifère m'obsédait. Je savais pourtant qu'elle aimait seulement les choses qui n'avaient pas la capacité de l'aimer en échange. Les équations mathématiques qu'elle tartinait sur son bloc-notes à spirale par exemple. Ou les fraisiers anciens qu'elle tentait en vain de cultiver dans sa serre improbable. J'avais peur d'être congédié, à cause de cette histoire de cruchon de porto oublié sur la table, et qu'il ne me reste véritablement plus rien. J'ai mis quelques peignes de mer dans mes poches. La glace se fissurait sous le poids de ma motoneige. Je suis rentré au camp.

À la cafétéria, les pilotes parlaient de mon frère. La conversation s'est arrêtée net quand je me suis approché de leur table. Les pilotes de l'Arctique causaient souvent aux touristes leur premier choc culturel. Habillés d'une salopette de jean, d'un lourd manteau, d'une toque en fourrure et de bottes de travail, ils jouaient parfois à l'hôtesse de l'air, en offrant des sandwichs sous cellophane aux passagers. Mais le plus ennuyant était qu'ils pouvaient quitter les commandes de l'appareil pour aller fureter dans le cargo. Les petits avions de fabrication russe qui desservaient les villages minuscules de l'archipel polaire canadien dataient de la Deuxième Guerre mondiale. J'avais peur pour Marcelline qui voyageait trop souvent à bord de ces engins, car ils se retrouvaient régulièrement au fond des lacs. J'avais également peur de Tommy, le pilote inuit, avec qui je partageais une tente au camp. Il travaillait pour une des plus importantes compagnies aériennes du Nunavut. Les avions d'Air Parhélie ressemblaient à des camions de livraison avec des ailes. Décrits affectueusement par les pilotes comme des Winnebago volants, les Skyvan SC-17 avaient un espace cargo large comme une baleine.

Attablé devant son troisième café et un chausson aux pommes, Tommy racontait au groupe de pilotes la rumeur de la semaine, qui provenait des mécaniciens : Brice de Saxe Majolique souffrait de cyanopsie, une maladie de la rétine qui teinte la vision d'un filtre bleu.

— C'est un effet secondaire du Viagra, a remarqué un des pilotes.

— Brice me demande souvent de lui ramener divers produits pharmaceutiques du Mexique, mais jamais du Viagra, a lâché Tommy.

— Oh là là, regardez qui tente de protéger Brice ! Il doit se le faire venir par Internet, a avancé le pilote le plus jeune, avant de recevoir une tape derrière la tête.

Tommy était né dans un igloo. Il semblait toujours cacher quelque chose sous son manteau, et son visage carré était d'une beauté argentique. La semaine précédente, j'avais vu Marcelline sauter de joie et applaudir quand le pilote inuit lui avait montré les énormes gants en peau de blanchon que son grand-père lui avait légués. Il portait un collier de dents de caribou enfilées sur une lanière de cuir et chaussait des raquettes traditionnelles, en lanières de cuir elles aussi, qu'il avait tressées lui-même. Il détestait les raquettes plus modernes, en titane, que l'on commandait sur catalogue. Une semaine sur deux, il avait un suçon dans le cou, que l'on inspectait en rabattant le col de sa chemise en finette, pour déterminer de quelle île de l'archipel polaire elle avait la forme. Ce jour-là, c'était Ellesmere, son île natale. Dans l'Arctique, la question primordiale était de savoir qui était allé le plus loin au nord. Si Tommy faisait partie de la joute, et il en était souvent l'instigateur, il gagnait à tout coup. Il était né à Grise Fiord, « là où la neige ne fond jamais » en inuktitut. Un hameau de cent quarante et un habitants, le plus nordique du Canada. Sa famille, qui vivait jadis à Inukjuak, dans la toundra fertile, avait été déplacée comme tant d'autres par le gouvernement pour peupler le désert arctique et renforcer la présence du Canada dans le Nord. On leur avait promis des maisons, mais on ne leur avait donné que des tentes. On leur avait fait miroiter l'abondance du gibier pour la chasse et ils se sont retrouvés sans ressources. On leur avait promis qu'il serait possible de retourner à Inukjuak s'ils n'aimaient pas l'endroit, mais on les avait abandonnés à leur propre survie. Cette histoire me faisait saigner du nez rien qu'en y pensant.

Tommy avait toujours une glacière Budweiser Light dans son avion. Elle transportait de la glace de sa baie natale, pour faire le thé. Selon lui, l'étendue de glace tout en relief, qui ressemblait à une peau qui a la chair de poule, était moins polluée au nord du soixante-dixième parallèle. Marcelline tentait toujours de le démentir. Il écoutait Dolly Parton, le volume à fond, dans son bimoteur et il faisait sécher des peaux de phoque ou de caribou à l'extérieur de notre tente. Dans son lit, il réchauffait les filles avec une couverture polaire sur laquelle était imprimé un visage de loup qui montrait ses crocs. Un jour, Marcelline m'avait demandé si j'avais remarqué que les mains de Tommy avaient la texture du bois flotté. Ce que j'avais remarqué, moi, c'était plutôt qu'il portait souvent un chandail où étaient écrits les mots : *Propriété du Mexique*, et que le mot de passe de son système d'alarme était : *Playa del Carmen.* Selon lui, le mescal était une boisson pour les dames. Il lui préférait nettement la tequila avec un scorpion dans le fond de la bouteille. Il portait aussi des bottes de cow-boy en peau de boa constrictor, avec la tête empaillée tout au bout. Dans le Nord, les personnalités sont toujours plus grandes que nature.

Marcelline semblait avoir disparu et j'étais inquiet. J'ai ouvert mes coquillages au-dessus du lavabo et j'ai mangé deux pétoncles crus. Le lendemain, Tommy me conduirait à Iqaluit pour que le décès de mon frère résonne formellement en moi. On me ferait signer des papiers officiels et l'on me montrerait sa dépouille. J'aurais préféré encore croire que tout cela n'était qu'une rumeur, que rien n'était vraiment arrivé, et que je sentirais de nouveau la chaleur du corps de Rosaire qui m'étreindrait à l'aéroport.

8

L'or potable

Il ne restait plus de cigarettes dans tout le camp de Kimmirut, et le cousin de Kujjuk, après avoir fait la vaisselle, a roulé les feuilles du *Newsweek* en cigarettes de fortune. Le solvant contenu dans les encres procurait parfois des délires saturniens. Les revues de mode, quoique rares ici, étaient encore plus efficaces. Le numéro de *Vogue* volé à Marie-Perle avait duré une année complète. Mon laveur de vaisselle remplaçant m'a dit soudain :

— J'ai vu mon cousin sculpter une bague en ivoire de narval pour toi. Il m'a dit que c'était pour ta future fiancée. Elle l'a trouvée belle ?

— J'attends le moment propice pour la lui donner. En ce moment, ce n'est pas l'idéal.

Cette nuit-là, la fatigue empesait mes mots. Après le service du soir, je suis resté seul sur le rivage et j'ai regardé le soleil se coucher. J'ai aperçu un effet Novaya Zemlya ou soleil rectangulaire, dû à la réfraction de la lumière près du pôle. J'ai alors pensé à Rosaire : il me répétait souvent que j'avais de la chance de vivre comme les Inuits et de ne rien posséder. En effet, je n'avais ni batteur à œufs, ni meubles, ni maison. Encore moins de femme. Rosaire me disait aussi que le problème de Brice de Saxe Majolique était justement son droit de propriété, ses permis de prospection, ses stratégies minérales, ses entreprises qui engloutissaient tout son temps. Il devait protéger tout cela. Cela le rendait vulnérable.

Le camp de la mine de Kimmirut était entouré d'une clôture électrique double et surveillé par deux Inuits, armés de carabines, qui pensaient protéger les ours polaires de l'homme blanc, réel danger pour leur espèce. Ils ne savaient pas que les ours qu'ils capturaient parfois ne revoyaient pas la banquise. Ces ours faisaient le bonheur de tous les zoos des pays de la Communauté européenne, où leur pelage devenait très souvent vert-de-gris, taché par les algues bleues et les mauvaises conditions d'hygiène. Le comportement de Brice de Saxe Majolique ressemblait en cela à celui des premiers explorateurs qui, depuis le xe siècle, offraient aux monarques européens des ours polaires vivants en guise de cadeaux diplomatiques. Le pays, les hommes, la faune et la flore, tout cela appartenait à Brice de Saxe Majolique.

Vers minuit, Marcelline, qui avait prélevé douze carottes de glace pour archiver notre climat et calculé des interactions air-neige toute la journée, est venue me rejoindre en cuisine. Elle a tourné la page du calendrier promotionnel de ma charcuterie polonaise préférée. Illustré de femmes coiffées de nattes blondes, en minishort ou en jean, tenant un cochon en laisse.

— Mes fraisiers sont en fleur ! Je crois qu'on va pouvoir manger des sunday aux fraises dans un mois. Ce sont des fraises anciennes, dont la lignée remonte à au moins un siècle, m'a annoncé Marcelline, enthousiaste.

— Je préfère les fraises des bois, ai-je répliqué.

— Mais c'est une espèce roturière ! Mes fraises sont plus nobles : la juteuse Vicomtesse Héricart de Thury, qui fleurit en ce moment, la Madame Moutot et la Capron Royal, des espèces plus sucrées, réservées jadis à la Cour.

— Patience, donc. Je rêve du jour où je ferai des chaussons aux fraises avec, ai-je ironisé.

— Sacrilège ! Il faut manger ces variétés délicates crues !

Marcelline s'emportait facilement. J'adorais la voir se mettre en colère contre moi. C'était la seule manière que j'avais trouvée pour que cette beauté, qui sentait les bulles de bain dans un endroit où l'odeur des jerricanes dominait, pense à moi. J'enfournai ce soir-là cent quarante-quatre douzaines de chaussons aux pommes congelés, la seule denrée réellement appréciée par les mécaniciens spécialisés. J'essayais de les gâter autrement parfois. J'infusais même des ronces de petits mûriers pour faire des tisanes traditionnelles très parfumées, je préparais des diplomates aux airelles arctiques, des flans aux jeunes pousses d'épinette blanche, des omelettes aux bolets et au saule arctique. Il n'y avait rien à faire. La plupart des hommes n'ingurgitaient que ces vils chaussons aux pommes fabriqués en usine et des tranches de rosbif trop cuit. Mon travail était moins héroïque que celui de Tommy, quoique plus populaire, et, pour me rendre plus intéressant que lui aux yeux de Marcelline, je lui ai parlé de Rosaire :

— Mon frère a découvert l'an dernier, dans la forêt derrière la maison de mes parents, une pietà en bois très ancienne clouée à un arbre. Elle a dû appartenir à notre ancêtre Jean Nicolet qui l'a confiée aux frères missionnaires français après sa tentative de découvrir la route menant vers la Chine. Elle a survécu à l'incendie d'une église en 1916 et aux attaques de sauterelles de 1932, alors que le village où elle avait atterri était abandonné. Mon oncle a retrouvé la statue des années plus tard et l'a dissimulée dans un orme derrière notre maison. Elle est demeurée bien cachée dans l'arbre, car l'écorce s'est refermée graduellement sur la statue, ai-je enchaîné très rapidement.

— Le seul héritage familial que je possède vient de ma grand-mère. Une dizaine de pétales d'une rose que j'ai cueillie sur l'énorme couronne qui ornait son cercueil.

Et elle a sorti de sa poche de jean un petit sac en plastique contenant des pétales séchés et en miettes. Avec la disparition de Rosaire, je savais qu'il paraîtrait incongru d'avouer maintenant mon amour à Marcelline. Je le gardai en moi. Avant-hier, je me disais que si Marcelline acceptait ma demande en mariage, je l'emmènerais en voyage sur une île polaire déserte. Dans les dunes blanches du désert arctique, nous pourrions ouvrir un hôtel écologique qui porterait le nom de *Sinnak*, ce qui signifie « dormir » en inuktitut. Dix petites cabines sur la glace pour la pêche blanche. Nous proposerions des traitements d'aurothérapie, selon les méthodes anciennes d'Helvétius qui fabriquait de l'or dit potable à partir d'huile de romarin pour guérir la mélancolie. Les toits des cabines seraient soutenus par des mâchoires de caribou. La literie prendrait la teinte d'os javellisés. On dormirait dans des chaises en panaches recyclés, tressées par un architecte norvégien à la retraite. Je cuisinerais toute la journée et je servirais de l'aquavit faite à partir de lichen, de la bannique au persil de mer, un pain rond compact et épais, et des élixirs d'or. Les fenêtres donneraient sur la banquise entre des rideaux en verre de mer indigo, rose, jaune canari. On ne se laverait plus jamais et notre peau deviendrait mate comme du cuir. Avec Marcelline, la vie ne serait plus une punition.

9

L'art du scintillomètre

Marcelline était assise au comptoir et lisait le *Baffin Daily News*. J'aurais aimé avoir le courage de l'allonger sur la dalle de granit froid et de l'embrasser. Mais je ne m'estimais pas assez pour oser un tel geste. Mon laveur de vaisselle concoctait une soupe de têtes de poissons traditionnelle si puante qu'elle « peut faire tomber les oiseaux du ciel », m'avait-il assuré. Marcelline s'est mise à me lire le journal pour me changer les idées.

— Écoute ça : après avoir ingurgité des pommes gelées trouvées dans un conteneur derrière la Coop, un caribou ivre a encorné l'ancien vicaire de l'église Saint-Jude d'Iqaluit. C'est pas possible !

— Les pommes devaient avoir fermenté, ce qui crée un effet alcoolisé. Les animaux aiment l'alcool. Plus jeunes, Rosaire et moi, nous avons fait boire six bières à un ours noir. Ensuite, il a dévoré un plateau de vingt sandwichs aux œufs préemballés.

— L'ours avait les *munchies*, a-t-elle ricané.

— Ensuite, il a ouvert une boîte de conserve de poires au sirop d'un seul coup de patte et l'a bue goulûment.

Marcelline s'est replongée dans son journal :

— Une dépêche de l'AFP raconte qu'un vol spectaculaire a été commis au Louvre : le trône de Christian V, en défenses de narval, a été subtilisé dans la nuit du 3 mai.

— Les défenses de narval ont longtemps été présentées et vendues comme des cornes de licorne, car le narval est un animal farouche, donc rare. Les cornes se transigent parfois pour une somme dépassant dix fois leur poids en or, ai-je précisé pour l'impressionner.

— Tu sais, selon une vieille superstition que j'ai entendue je ne sais plus où, chaque vol important au Louvre est le présage d'une guerre mondiale imminente. *La Joconde* a été dérobée en 1911, et *L'Indifférent* de Watteau, en 1939, a remarqué Marcelline.

Une guerre aux enjeux mondiaux se tramait peut-être à notre insu dans l'archipel polaire canadien. Des drones russes et chinois survolaient et cartographiaient le territoire. Des bateaux battant pavillon russe étaient refoulés dans les eaux internationales par les gardes-côtes canadiens.

Je croyais pouvoir décoller vers Iqaluit le matin même, mais une giboulée, accompagnée d'une tornade de neige, s'est abattue sur le camp, retardant mon départ. Il me fallait attendre. La patience est une arme indispensable sur l'île de Baffin. Aucun déplacement n'est simple. Les conditions météorologiques, non les hommes, gouvernent ce pays.

Je ne cessais de penser que les enjeux entourant la mort de Rosaire étaient peut-être plus grands que ce que je pouvais imaginer. Rosaire avait travaillé sur plusieurs dossiers dernièrement, dont l'un avait mené le gouvernement à s'excuser auprès des familles inuit comme celle de Tommy, qui avaient été déplacées dans le Haut-Arctique. L'Arctique était la source possible d'un conflit armé. Les Inuits étaient plus que jamais des alliés indispensables.

Un mois avant la mort de Rosaire, Brice de Saxe Majolique avait convoqué une assemblée des employés. Du haut de sa tribune, avec son casque d'aviateur en agneau retourné, il avait prêché comme un pasteur baptiste, le poing levé vers le ciel. Marie-Perle, sa future fiancée en robe de soie verte imprimée d'étoiles en or, était assise au premier rang, les genoux serrés, le menton relevé et le dos droit. Elle le regardait avec l'admiration d'une étudiante. Il aimait motiver ses troupes en racontant que le Canada avait l'intention de défendre ses intérêts dans l'Arctique. Il avait vociféré, en frappant de son poing sur la tribune, que notre pays était le plus riche au monde en ressources naturelles et que ces dernières se trouvaient sous la glace, sous nos pieds. Il avait postillonné que les nations européennes seraient bientôt dépendantes d'autrui et obligées de conquérir des colonies pour survivre, alors que le Canada demeurerait autosuffisant avec ses réserves d'eau, de diamant, d'or, de gaz naturel, de pétrole, d'uranium et de pierres précieuses de toutes sortes. Je voyais déjà Marie-Perle parée d'un diadème en lapis-lazuli et tenant un sceptre incrusté de tourmalines enfin sacrée reine, Reine orpailleuse ridicule.

Sur l'île de Baffin, on voyait partout des scientifiques, scintillomètre à la main, préparant le nouveau Klondike. Des permis de prospection et des parcelles de terre étaient vendus dans tout l'archipel arctique canadien pour 3 000 dollars aux citoyens, par le gouvernement, dans le but de réaffirmer sa souveraineté dans la région.

Brice de Saxe Majolique, en bon prospecteur, une pierre incrustée de filons d'or à la main, avait expliqué à ses employés, qui portaient tous des casques arborant le logo de la mine, et à Marie-Perle, casquée elle aussi pour l'occasion, que les Canadiens seraient bientôt tous très riches. Tout le monde semblait vouloir sa part du gâteau. J'étais resté debout à l'arrière, avec Rosaire, les bras croisés, observant la foule en délire. Notre soi-disant orpailleur était comme saint Jean Chrysostome l'archevêque, qu'on surnommait « Bouche d'or » : il utilisait les méthodes rhétoriques des gourous. Mon frère m'avait dit ce jour-là :

— Personnellement, je ferais couler de l'or liquide dans la gorge de tous ces menteurs pour les faire taire. Les Chinois revendiquent déjà une part de notre territoire, en parlant des « eaux internationales » pour se dédouaner.

En ce début de XXIe siècle, la fonte des glaces permettait une exploration de plus en plus poussée de l'Arctique. Et Brice de Saxe Majolique voulait écrire les pages de cette nouvelle aventure. Le 2 septembre 2008 avait d'ailleurs été une date historique importante : un ancien pétrolier, transformé en bateau de croisière, avait franchi le passage du Nord-Ouest, là où Franklin avait échoué. Brice de Saxe Majolique avec sa dent en or se trouvait à bord de ce navire qui avait révélé un nouveau canal de Panamá. Ce passage allait permettre aux Européens de rejoindre l'Asie en retranchant à leur trajet actuel sept mille kilomètres et deux semaines de navigation. Des milliards de dollars étaient en jeu. Des terres vierges cachées par la glace et encore ignorées de l'homme seraient découvertes et enfin cartographiées. Brice de Saxe Majolique disait qu'il avait ressenti, lors de ce moment historique, la même émotion que Magellan terminant son tour du monde. « Mon nom fait maintenant partie de l'histoire », avait-il susurré aux journalistes qui attendaient l'équipage sur le quai.

L'exploitation des sous-sols était une question qui enflammait des passions toutes canadiennes et la nouvelle base de l'armée près de Kimmirut en témoignait. Lumi, la strip-teaseuse qui avait découvert mon frère sans vie, aimait fréquenter les jeunes militaires de passage à Iqaluit. Elle disait qu'ils étaient si jeunes que certains s'ennuyaient encore de leur maman. Elle avait l'habitude de demander à chacun de ceux qu'elle draguait : « Que possèdes-tu de plus précieux au monde ? »

Cette question avait pour effet de les consoler.

Malgré leur éloignement, ils ne manquaient de rien. Pas avec Lumi en tout cas. En cachette de mon frère, elle fréquentait Gauthier Mercure, un sergent d'infanterie de vingt-deux ans, qui s'était enrôlé dans l'armée canadienne afin de faire des études d'ingénierie. Il se passionnait pour les sous-marins et avait l'avantage qu'offrait aux jeunes hommes le sérieux de l'uniforme. Il le portait même les soirs où il fréquentait le bar du *Cercle polaire*.

Même si leur relation avait été éphémère, Rosaire avait été hypnotisé par la belle Lumi : il avait écrit à notre mère pour lui annoncer qu'il allait se marier avec une jeune Inuit aux cheveux noirs. Il avait offert à Lumi un cabochon serti de huit saphirs provenant d'une mine non loin de celle de Kimmirut. Elle n'avait pas dit non à sa proposition de mariage, mais n'avait pas dit oui non plus. Elle lui avait calmement expliqué qu'elle préférait qu'il souscrive plutôt une police d'assurance à son nom que de porter ce bijou volumineux.

Lumi s'intéressait beaucoup aux militaires, car elle savait qu'ils détenaient des secrets d'État, qu'ils connaissaient des choses que le commun des mortels ignorait. Souvent, le soir, alors que le sergent était confiné dans sa baraque, ils se parlaient sur MSN et c'était à ce moment, étrangement, qu'il lui donnait le plus d'informations, sans doute pour conserver son attention. Ainsi, il lui avait envoyé un document qui allait tout changer. Le gouvernement du Canada souhaitait reprendre le contrôle du Nunavut pour protéger ses intérêts dans l'Arctique, même si l'entente officielle prévoyait que les autochtones n'avaient pas de droits sur le sous-sol et l'exploitation minière. Lumi était estomaquée. Même la France, à partir de Saint-Pierre-et-Miquelon, essayait d'obtenir des droits sur les fonds marins bordant le Labrador. Le pays des glaces était une véritable poudrière en devenir.

10

Le doigt de Galilée

Le matin du 5 mai, après un début de matinée très long où la giboulée a cédé sa place à une poudrerie sans fin, j'ai pu prendre congé pour faire un aller et retour à Iqaluit voir la dépouille de mon frère. Avant de partir, Tommy le pilote a mangé un chausson aux pommes dans la cafétéria en compagnie de Marcelline. J'ai servi aux enfants inuits des truites crues et j'ai pensé à mes parents. À combien ma mère allait être détruite par cette sombre nouvelle. Soudainement mon deuil deviendrait contagieux.

L'avion était très bruyant au décollage, nous avons survolé à basse altitude une colonie de sternes arctiques, les femelles avaient mangé leurs petits. Tommy vociférait pour se faire entendre malgré le bruit des moteurs :

— Depuis le début de l'année, il y a eu des pêches surnaturelles partout sur la planète. D'énormes calmars ont surgi près du Golden Gate, à San Francisco. Un thon de quatre cent cinquante kilos a été pêché au large d'Osaka. Un pêcheur du Groenland a pris dans son filet un narval bicorne. Près d'Iqaluit, un ours polaire est mort après avoir avalé un scintillomètre oublié dans le sol par un fonctionnaire d'Environnement Canada, et les bancs d'ombles chevaliers sont si énormes que l'on peut les pêcher à la main.

De l'avion, l'énorme étendue de glace était comme une tache de Rorschach, et je prenais la mesure de l'énorme enjeu qu'elle représentait pour notre pays. Les Inuits considéraient la glace comme une partie de leur territoire, car ils s'y déplaçaient comme sur la terre ferme pour chasser et pêcher. Ils marchaient sur l'eau. Mais l'homme blanc, maître des lois et des traités, rédigés loin de leurs traditions ancestrales, faisait de la surface glacée des « eaux internationales ».

En lisant à mon tour le *Baffin Daily News* pour me désennuyer, j'ai pu constater que Mitsy Cooper, journaliste des affaires circumpolaires pour Radio-Canada, faisait ses choux gras du mystère qui entourait la mort de l'avocat Rosaire Nicolet. Mitsy était une de ces femmes dont le teint reflétait une blancheur britannique, une blonde aux racines noires et aux lèvres mordues jusqu'au sang qui rôdait tous les soirs dans les bars d'Iqaluit, en fumant de longues cigarettes au menthol et en portant des gants de moto troués aux jointures. Elle fumait comme un Grec, même en dévalant les pentes de ski à Grey Rocks. Elle s'était mise à fouiller la vie de Rosaire et à raconter des faits cocasses à son sujet dans les journaux. Mon frère aimait les femmes et les *pink fix*, un mélange de cocaïne et de poudre de chili, popularisé par Tommy depuis un de ses voyages au Mexique. Il mettait quelques gouttes de sauce tabasco dans son café, car la sauce pimentée stimulait la production d'adrénaline et contenait des opiacés naturels. L'article citait ensuite Marie-Perle, qui était trop heureuse de dévoiler que Rosaire avait rencontré Lumi dans un bordel. J'ai déposé le journal à mes pieds, dégoûté par toutes ces informations intimes soudainement dévoilées.

Rosaire racontait souvent un de ses premiers weekends avec Lumi, où ils avaient chassé et plumé dans son garage vingt-quatre oies sauvages. Quand ils avaient ouvert la porte mécanique, un nuage de duvet blanc s'était envolé vers le ciel des Perséides. Il était le plus heureux des hommes en embrassant une femme aussi libre que Lumi. Le lendemain, un voisin méticuleux avait trouvé quatre plumes sur sa pelouse tondue et les avait jetées avec rage dans la cour de Rosaire. Des mois plus tard, Rosaire retrouvait encore des plumes d'oie dans sa maison, et elles étaient toujours source de rire et de bonheur.

Selon ce qu'écrivait Mitsy, Lumi n'avait pas semblé triste à la mort de Rosaire. La jeune Inuit était connue pour ses aigreurs et ses paroles fielleuses, et je l'avais toujours soupçonnée de vouloir empoisonner mon frère de son lent venin. J'ai repris le journal, excédé. Rosaire avait souvent affronté les colères et la froideur de Lumi. Je savais que Rosaire fonctionnait selon la règle des quatre minutes, qui veut que les premiers instants des retrouvailles quotidiennes, après le travail par exemple, déterminent le cours d'une soirée. « Si on s'engueule dans ce laps de temps, c'est cuit ! » martelait-il. Je n'arrivais pas à comprendre comment la journaliste avait pu mettre la main sur de tels renseignements. Toutes ces révélations intimes en condensé m'enrageaient. Mitsy Cooper ne devait pas avoir trente ans. Sous son manteau North Face, elle portait souvent une camisole en soie à fines bretelles et prétendait avoir chaud, même à quarante degrés sous zéro. J'avais toujours pensé qu'elle était éprise de Rosaire.

Je déteste les voyages en avion, car les zones de turbulences me donnent la nausée. Je pensai à Marcelline. J'avais hâte de la revoir. Elle aussi quittait le camp ce jour-là sur un vol médical vers Grise Fiord, où elle devait étudier un verrou glaciaire pour de futurs prospecteurs. Ma visite à Iqaluit ne durerait que quelques heures. Les petites maisons colorées étaient bâties sans fondations sur le sol gelé. Quand on approchait en avion, elles semblaient simplement posées sur la terre, et, avec le dégel du pergélisol causé par le réchauffement climatique, elles penchaient légèrement à gauche.

Les instances policières m'avaient demandé si je souhaitais expédier le corps de mon frère vers le sud, à Montréal, après que le médecin légiste l'aurait vu. Pour l'instant, la cause du décès était inconnue. J'avais pensé à ma mère et j'avais répondu que oui, on allait l'enterrer à Montréal. J'avais la certitude pourtant que Rosaire aurait préféré qu'on l'inhume dans le pergélisol d'une île arctique et que la terre l'engloutisse vers son noyau. Comme tous les gens qui vivent réellement dans le présent, il n'avait pas prévu sa mort : il n'avait pas de testament.

Je devais identifier son corps avant qu'il ne soit déplacé. Il n'y avait pas de morgue à Iqaluit et les dépouilles étaient conservées au frais dans un grand hangar à avions, près de l'aéroport. Il était allongé sur une civière, dans un sac bleu, semblable aux bâches utilisées pour le camping. Le policier a ouvert la fermeture Éclair de plastique jaune et j'ai nettement entendu le bruit de la glissière le long du sac. En voyant le visage de mon frère, je m'attendais à ce qu'il me parle, me dise qu'il était heureux de me voir, que tout allait bien se passer, mais il était immobile et muet. Je n'arrivais pas à le reconnaître. J'ai quand même dit au policier que c'était bien Rosaire Nicolet, mon frère aîné, avocat en droit international. J'ai pris sa main et je l'ai embrassée. Je me suis agenouillé au pied du corps de Rosaire et j'ai pleuré.

J'ai gardé sa main dans la mienne longtemps, celle dont l'index était amputé. Il l'avait perdu dans l'Arctique, après une expédition en kayak qui avait mal tourné. Tout avait bien commencé pourtant. Le matin de notre départ, je l'avais entendu dire à une électricienne dans la cafétéria de la mine qu'il m'admirait, car je venais d'obtenir mon diplôme de trappeur après seulement trois semaines de formation. Mon frère m'admirait ? Cela m'avait donné de l'assurance et avait calmé mes angoisses. Tommy avait quelques jours de vacances devant lui et avait proposé de nous accompagner en kayak de mer le temps d'un week-end, à travers les longues crevasses qui crèvent les plaques de glace océanique. À l'époque, je me sentais plus en sécurité en sa présence. La lumière du jour était tombée sur nous comme un souffle et la journée s'annonçait miraculeuse. J'étais enthousiasmé à l'idée de pique-niquer dans de grands espaces vierges et j'avais préparé des *cordetta* pour la route, des minibrochettes d'abats grillés, un petit jésus, une saucisse sèche à manger au couteau, et de la *coppa di testa*, un fromage de tête piqué de bleuets. Rosaire, heureux, riait comme une baleine. Nous avions vu les traces laissées dans la neige par une maman ourse et son bébé. Le petit avait sauté sur le dos de sa mère pour se laisser transporter sur quelques kilomètres. Toutefois, le deuxième jour de notre expédition sur la glace, un blizzard inattendu s'était levé. Le kayak de Tommy, qui contenait notre matériel, avait été fissuré par une fracture de la glace et s'était renversé. Toute notre cargaison avait coulé d'un coup, et nous nous étions retrouvés sans ressources. Nous avions dû marcher pendant quarante-six heures pour retrouver le camp de Kimmirut à une température frisant les moins quarante degrés Celsius. Depuis, les expéditions de cette nature étaient interdites aux employés. Rosaire avait perdu un petit bout de son index dans cette mésaventure. Il avait fallu le lui amputer un peu avant la première jointure, car une engelure sérieuse menaçait le reste de sa main.

L'infirmière de la mine n'était pas en poste, elle devait arriver deux jours plus tard. Le Nord est un endroit étrange : il s'y produit souvent des choses impensables ailleurs. C'est nul autre que Brice de Saxe Majolique en personne qui avait amputé l'index de Rosaire. Il prétendait avoir fait son service militaire au Soudan et avoir travaillé dans une infirmerie où il avait appris à cautériser des blessures faites à coups de machette. Mais Brice de Saxe Majolique disait aussi avoir rencontré des hommes âgés de deux cents ans en Chine... Pendant l'opération, il était assis sur un caisson de lait Danone rose fluorescent devant la tente des douches. Je ne me souviens pas d'avoir assisté à quelque chose d'aussi surréaliste et douloureux.

Le médecin en herbe avait cautérisé la plaie et enduit le moignon de glaire de baleine et de boue, puis avait noué un garrot en fines tresses de cuir autour du poignet de Rosaire. Mon frère avait miraculeusement survécu. Éternel optimiste qui aimait tout transformer en activité ou en compétition, il avait même momifié son bout d'index selon d'anciennes techniques apprises dans un numéro de la revue *National Geographic*. Pour marquer l'événement et célébrer sa survie, le bout de doigt avait été nettoyé, embaumé et déposé dans une boîte en bois remplie de thé du Labrador et d'oseille arctique. La boîte avait ensuite été mise à sécher à l'air dans le désert de glace sous le rocher aux violettes pendant quarante jours. Je me suis souvent demandé depuis si l'amputation était réellement nécessaire et si elle n'avait pas été une vengeance déguisée de la part de Brice. Les Inuits disaient : « Si tu ne peux pas couper la main de ton ennemi, il faut que tu la lui baises. »

Son index momifié lui était cher, et il l'avait conservé dans un petit reliquaire en or en forme de doigt. C'était la preuve qu'il avait trompé la mort. Ce jour-là, il avait compté combien de printemps il lui restait à vivre et il avait lancé : « Cinquante. » Il avait parlé souvent par la suite de cet index, en montrait « la momie » aux filles pour les faire sursauter. À cette occasion, et trop souvent à mon goût, Rosaire faisait le lien entre son index et celui de Galilée, un doigt de la plus haute importance pour les explorateurs polaires. Galilée avait été jugé pour avoir enseigné que la Terre tournait autour du Soleil et non l'inverse. L'index avec lequel il avait si souvent pointé les étoiles et les nébuleuses avait été momifié et entreposé à Florence dans un vulgaire pot en verre rempli de formol. Rosaire avait la capacité de se projeter dans la vie des hommes illustres, alors que, moi, je me contentais de faire la cuisine à des inconnus.

Un policier m'a donné un sac de plastique transparent qui contenait les affaires de mon frère et j'ai été très étonné d'y trouver le vieux carnet jaune dans lequel notre oncle avait colligé les informations sur notre ancêtre Jean Nicolet. Pourquoi Rosaire avait-il amené ce carnet avec lui à Iqaluit ?

11

Un Chinois avant Colomb

En attendant l'avion du retour j'ai feuilleté ce carnet retrouvé dans les affaires de mon frère. Il était rempli de coupures de journaux à un sou et de lettres manuscrites. Je tournais les pages lentement car plusieurs avaient des traces de moisissure. Je pouvais lire qu'en mai 1614, la navigation maritime était bien à la mode. À Paris, les femmes portaient des chevelures en forme de poupe de voilier. Dans le jardin du Luxembourg, la nuit, des hommes, l'œil fixé aux embouts des télescopes, scrutaient les étoiles. Partout, on discutait de la possibilité d'un passage maritime vers l'ouest, avec autant d'espoir que ceux qui rêvaient de transformer le plomb en or. Une statue de la vierge était dessinée à main levée sur la page de garde. Mon frère avait commencé à écrire l'histoire de notre ancêtre dans le carnet jaune. J'ai reconnu sa calligraphie fleurie comme celle d'une femme.

Avant d'embarquer pour le Nouveau Monde, Jean Nicolet, qui n'avait pas encore treize ans, avait été interpellé par un feuillet du service des vocations du diocèse de Paris. Il avait trouvé cet encart sur le parvis de la chapelle dédiée à sainte Suzanne.

Quel appel pour votre vie ? Sacerdoce, mariage ou vie consacrée ? Comment savoir où Dieu vous appelle ? Retraite de discernement. Service des vocations féminines. Voir père Hyacinthe de L'Épervier, ordination des diacres.

Jean Nicolet, simple fils d'un messager postal du roi et de Marguerite de la Mer, ne souhaitait pas suivre les traces de son père. Il voulait entrer dans les ordres pour étudier. Il aimait la géographie et avait rêvé toute son enfance de devenir missionnaire en Chine. Son frère était prêtre et, grâce à sa persévérance, Nicolet avait réussi à être nommé assistant archiviste chez les sœurs sulpiciennes. Il classait des milliers de documents, des gravures saintes et des manuscrits avec des enluminures. Il se sentait vivre au cœur de l'histoire qui semblait avoir été oubliée dans des cartons, des coffres et des classeurs. Être entouré de tous ces objets du passé le rendait heureux. Un jour, il avait trouvé une mappemonde d'origine chinoise, conservée entre deux papiers de soie violette, et datée de 1418, qui indiquait la position et les contours de l'Amérique. En découvrant cette carte, qui dormait dans les coffres des archives des sulpiciens depuis près de deux siècles, Nicolet s'était exclamé :

— Un Chinois avant Colomb ?

La carte portait le sceau du célèbre amiral chinois Zheng He, un eunuque qui avait fait plusieurs expéditions maritimes autour du globe bien avant Magellan. Nicolet avait gardé sa découverte secrète, car il savait que de telles infor-

mations ne seraient pas bien accueillies. Il ne souhaitait pas que le diacre détruise cette mappemonde, dessinée sur du papier fin à base d'écorce de mûrier et collée sur un morceau de lin.

Il avait peur que le diacre prétende qu'il l'avait lui-même trouvée. En réalité, Jean Nicolet avait en tête l'idée de la subtiliser. Il avait commencé à en dessiner des copies sur du papier pelure, puis sur du papier de boucher avant d'en faire une ultime copie, la main devenue plus certaine, sur une grande feuille de papier d'Arches. Tous les détails y étaient. Ce que Nicolet ne savait pas, c'était que la fameuse carte avait été volée à des diplomates chinois par les hommes de main de Christophe Colomb, en 1491, qu'elle avait été utilisée lors de ses trois voyages, et qu'elle avait ensuite été oubliée dans les archives religieuses.

Christophe Colomb était connu pour son immense savoir, notamment dans le domaine de l'astronomie. En Jamaïque, sachant qu'une éclipse du Soleil était imminente, il avait grondé des villageois insurgés et les avait menacés de faire disparaître le Soleil pendant quelques minutes pour les punir. Cela lui avait permis d'être considéré comme une divinité et de soumettre ce peuple sans faire usage de la force. Comprendre le mouvement des astres, c'était saisir le langage des dieux.

Quelques jours après la découverte de cette carte, Nicolet, devenu sombre et pensif, avait fait une rencontre importante. Dans la taverne L'Écorcherie, *en plein Paris, sept des plus riches marchands de l'Europe étaient assis autour d'une table et buvaient de l'alcool de genièvre. Un amiral de leur cohorte ayant déjà trop bu beuglait seul à sa table qu'il partirait en mer pour un pays inconnu « braver des monstres marins », voilà ce qu'il répétait.*

Cette nuit-là, en s'invitant à sa table, Nicolet a changé le cours de son destin. Ensemble, ils ont bu aux charmes des femmes et chanté la fraternité et la raison. Surtout, ils ont parlé de l'étoile Polaire et des mers gelées. Nicolet, qui ne pouvait rentrer ivre aux archives et n'avait donc pas d'endroit où dormir, a aidé son nouvel ami l'amiral à retrouver le chemin de sa maison. Le jeune garçon, ivre lui aussi, s'est endormi sur le plancher du salon.

C'était un de ces moments inattendus où la vie bascule pour vous donner une miraculeuse deuxième chance. Dans le sommeil agité de cette première nuit d'ivresse, Jean rêvait de sa carte chinoise. Au petit matin, alors que les cloches de l'église Saint-Sulpice tintaient doucement pour inviter les sœurs de la congrégation à la première prière, il est sorti de chez l'amiral avec, dans sa veste, un tisonnier trouvé près de la cheminée. Il était cinq heures. La nuit retirait lentement sa chape de velours sur la ville. La lune, encerclée d'un halo blanc, présageait des jours meilleurs.

Le jeune Nicolet, encore grisé par l'alcool, s'en alla forcer la porte du bureau des archives et voler la mappemonde chinoise, qu'il pensait revendre facilement à des marins curieux ou à de sérieux navigateurs. Cette carte semblait indiquer un passage vers la Chine, en naviguant vers l'ouest. Un passage vers la richesse, l'abondance de l'écorce de cannelle, des gousses filiformes de vanille et de l'envoûtante muscade, mortelle si consommée en abondance.

Le soleil teintait d'orangé le contour des édifices. Les filles de Paris dormaient au creux des alcôves et derrière les buissons, dans le grand parc devant l'immeuble des archives.

Il remarqua que l'une d'elles avait un bec-de-lièvre et portait une robe couleur chair, salie de charbon. Elle ronflait. Paris semblait minéralisée dans le silence. Jean Nicolet choisit de prendre sa vie en main.

Trois coups de tisonnier assenés sur la serrure en cuivre ornée de deux chèvres ailées suffirent à la faire céder. Personne ne vit entrer Jean Nicolet dans l'édifice. Il était convaincu que les archivistes, noyés dans l'amas de documents, ne connaissaient pas l'existence de cette carte. Les sœurs de la congrégation ne se douteraient pas de sa disparition, car, pour elles, elle était « perdue » depuis longtemps dans les archives. Jean l'avait soigneusement rangée dans un classeur de bois avec les livres comptables datant de 1492. Elle était dans le cinquième tiroir, celui qui arborait une poignée en forme de petite colombe en porcelaine. Il prit soin de rouler la carte dans un morceau de damas volé dans les archives textiles, une retaille de l'étoffe qui avait servi à la confection du costume porté par Louis X lors de son couronnement, en 1314. Il choisit alors de sortir par le grand escalier, où il fut surpris par un jeune novice qui souhaitait montrer sa dévotion et son courage en travaillant dès l'aube.

— Jeune Nicolet, que faites-vous ici ?

— Je voulais simplement récupérer la liasse de lettres que ma défunte mère m'a écrites. Je n'arrivais pas à dormir, a répondu Nicolet.

La sueur perlait sur son front. Le novice attrapa alors Jean par le poignet et tenta de lui enlever le rouleau de damas aux fils tirés.

— Vous vous êtes levé à l'aube pour voler la commu-

nauté qui vous a tant donné ? Cette étoffe a une valeur historique ! s'exclama le novice indigné.

Nicolet donna un coup de poing sous les narines du novice qui tomba dans les marches. Se relevant, le novice poursuivit le fugitif jusque de l'autre côté du pont, en criant :

— Monseigneur entendra parler de votre tort.

Nicolet était déjà loin. Il courait aussi vite que possible, la carte à la main.

12

I Will Always Love You

L'attente a été longue mais je me régalais de la lecture de ce carnet aux pages huileuses. Nous devions quitter Iqaluit dans l'avion médical en provenance de Grise Fiord qui transportait Marcelline. Comme c'est souvent le cas dans le Nord, l'appareil était en retard. Je suis resté prisonnier pendant cinq heures d'une fourgonnette garée dans un hangar à écouter en boucle *I Will Always Love You* de Dolly Parton, avec Tommy qui chantait toutes les paroles en post-synchro. Il était quatre heures du matin passées quand il m'est venu à l'esprit que le reliquaire en or de Rosaire n'avait pas été retrouvé après son décès. Les policiers avaient étiqueté et classé toutes les pièces à conviction rassemblées dans la chambre d'hôtel du *Cercle polaire*, et le bout d'index momifié ne se trouvait pas dans le sac transparent que le policier venait de me remettre. Je savais qu'ils avaient gardé un cure-dent d'Air France et une boîte d'After Eight vide, ramassés dans la poubelle, et même un noyau de pêche dans une pellicule plastique, découvert sous le lit. Tout le reste semblait avoir été récuré à la brosse à dents à l'aide d'un nettoyant industriel.

Assis dans la fourgonnette frigorifiée, feuilletant ce journal de notre ancêtre, j'ai pensé à la pinède où mon frère et moi sommes nés. Nous avons grandi près du lac de la Robe noire, au milieu d'une forêt de pins très dense. L'origine de ce nom est mystérieuse. Les Robes noires était le nom donné jadis par les Amérindiens aux premiers missionnaires français qui portaient la soutane et qui venaient les évangéliser. Mais certains pensent plutôt aux truites mouchetées, dont la robe est noire. Notre lac en regorgeait. Mon oncle avait acheté cette terre à bois car ses recherches lui avaient indiqué que le frère de Jean Nicolet, un prêtre, y avait enseigné pendant huit ans. Au-dessus du seuil de notre maison, une enseigne portait l'inscription : *Manoir Nicolet, Pêche sur la glace.* Des cabanes rudimentaires décorées de toiles d'araignées que l'on remisait sur la rive l'été étaient transportées sur la glace du lac en décembre pour la pêche blanche. Chaque hiver, un véritable village, éclairé aux lanternes de gaz, se formait ; là on jouait les chansons de Céline Dion en sourdine et des guirlandes de Noël clignotaient jusqu'en mars. Dans chaque cabane, on perçait au vilebrequin un trou dans la glace, et les clients enfiévrés par l'alcool pêchaient de la truite arc-en-ciel et de l'omble de fontaine. Mon père m'avait envoyé en cuisine très jeune. Les clients ne semblaient vouloir manger que des frites. En continu, j'en transportais des cornets de la cuisine de la maison aux cabanes de pêche. Rosaire s'affairait déjà aux relations publiques : il visitait les clients, leur faisait des sourires, et, parfois même, leur chantait des chansons de Céline Dion.

L'été, dans la pinède environnante, je cueillais des champignons avec lesquels ma mère préparait des omelettes que j'adorais. Ces champignons sauvages ont été mon épiphanie : ils ont révélé mon intérêt pour la cuisine. Notre chienne husky avait eu des chiots et mon père m'avait montré comment les dresser pour les trouver. Chaque soir, je frottais les mamelles de la chienne avec des matsutake pour sensibiliser ses petits à leur odeur si particulière. Ce champignon se trouvait en abondance dans la pinède à lichen et était fort prisé par les Japonais. Mon père aurait voulu nous voir les commercialiser. Selon lui, certains restaurants de luxe japonais payaient dix mille dollars le kilo pour assaisonner leur riz de ce champignon des climats froids aux arômes de poivre et de cannelle. Rosaire et moi avons travaillé dans l'entreprise familiale dès l'âge de cinq ans, en donnant surtout un coup de main pour la pêche blanche. À vingt ans, nous avions déjà une très longue carrière derrière nous. Mon père n'a cependant jamais réussi à nous dresser, comme il le faisait avec ses chiots.

Nous aurions pu assurer la survie de la tradition familiale, mais mon frère et moi avons décidé d'explorer le monde. Notre père, qui consacra sa vie à ses cabanes, était l'être d'une seule vocation. Que faire quand on se rend compte que l'on est né d'un homme qui vous a élevés dans l'unique dessein de vous voir le remplacer dans ses tâches ? Nous avons choisi la fuite.

Rosaire était convaincu d'une chose : il avait toujours raison. Il n'hésitait jamais à me donner des ordres ou à me dire comment faire. Il était investi d'une mission. Son côté autoritaire me rassurait. Avec lui, tout allait toujours bien se passer, alors que, moi, j'avais un esprit cataclysmique, qui envisageait toujours le pire. En l'absence de la caisse d'endives dans le cargo du mardi, je m'imaginais perdre mon emploi, car, bien sûr, De Saxe Majolique souhaiterait probablement manger des endives bruxelloises et rien d'autre le soir même. Mon frère, lui, était capable de rester calme et rationnel, même dans les situations les plus tendues. Quand il sortait la nuit pour aller chercher des cigarettes, je me retenais de dire : « Regarde bien des deux côtés en traversant la rue ! » Son assurance ne l'empêchait pas d'être très généreux, il livrait tout ce qu'il avait à ceux qu'il aimait. Enfant, dans les cabanes sur la glace, il terminait le Rubik's Cube pour moi et j'allais le montrer fièrement à mon père qui me donnait une violente tape derrière la tête pour me punir de ma vanité. Rosaire partageait son talent. Pour lui, il ne gardait rien. J'ai parfois eu l'impression que ma vie passait avant la sienne dans l'ordre des priorités, malgré nos petites guerres enfantines. Je pouvais compter sur lui si j'avais besoin d'être secouru. Cela me rendait l'existence plus facile. Pour Rosaire, tout était possible, et, ensemble, on se tirerait de n'importe quel pétrin. J'étais certain qu'il ne me trahirait jamais. Il m'était impossible de douter de lui. C'était une sensation primaire qui traversait toutes mes fibres musculaires : mon frère m'aimait. En l'absence de sentiments de la part de nos parents, nous avions inventé le lien le plus solide qui soit. Ce nœud ne pouvait se rompre. Bon nombre de relations fraternelles sont tissées de jalousie et finissent ligaturées, la vie suivant son cours normal vers l'indifférence. Notre proximité rendait les relations avec l'extérieur moins nécessaires. Il était, dans ces circonstances, plus facile pour moi de ne pas métaboliser la réalité de la mort de mon frère, de ne pas y croire vraiment pour l'instant. Je refusais encore et toujours le deuil.

Dans la culture inuit, un homme peut choisir de se réincarner en un membre de sa famille. Il me vint que si j'acceptais la disparition définitive de Rosaire, il faudrait que j'aie un enfant avec Marcelline. J'assurerais ainsi la réincarnation de mon frère en notre fils, avec le risque de me faire mener par le bout du nez.

13

Un homme saute d'un avion

Après cinq heures d'attente, j'ai commencé à m'inquiéter pour Marcelline. Personne ne nous indiquait pourquoi le vol était en retard. Une femme a cogné à la fenêtre embuée de Tommy et lui a donné une lettre en criant : « Vous allez à Kimmirut ? Pouvez-vous donner ça à Marie-Perle ? » Quand elle s'est éloignée, j'ai vu la tête d'un bébé sortir de son manteau de fourrure. Le contrôleur aérien s'est ensuite approché pour nous dire :

— J'ai entendu qu'il y a eu un accident au-dessus de la vallée glaciaire durant le vol médical en provenance de Grise Fiord.

— L'avion a-t-il atterri sans dommage ? a tout de suite demandé Tommy, habitué à de telles situations.

— Nous n'avons pas encore tous les détails de l'affaire, a répondu le contrôleur.

Je suis devenu hystérique.

— C'est impossible, Tommy ! Nous devons aller sur les lieux tout de suite. Amène-moi là-bas. Marcelline était à bord de ce vol, tu… tu le sais, ai-je craché, en bégayant.

— Il n'y a pas d'avion disponible, Ambroise, calme-toi, a simplement répondu Tommy.

J'ai retiré la cassette de Dolly Parton pour capter la radio et nous avons eu plus de précisions sur l'accident. Un homme venait de sauter du bimoteur en plein vol.

Un homme a sauté d'un petit avion non loin de Grise Fiord, au Nunavut. Un passager, apparemment en détresse à bord d'un vol médical, a forcé la porte de l'avion et a sauté dans le vide, a indiqué la police. Il aurait entraîné avec lui une passagère. L'accident a eu lieu au cours d'un vol d'Air Parhélie en partance de Grise Fiord, une communauté dans le nord du Nunavut. Au moment du drame, l'avion se trouvait à cent quatre-vingts kilomètres de l'aéroport de Grise Fiord, à une altitude d'environ sept kilomètres. Le mauvais temps gêne l'enquête. Un bimoteur mène une recherche par quadrillage de la zone. Un sergent a déclaré à Radio-Canada que les chercheurs comptent sur les coordonnées GPS que leur a données le pilote. La police n'a pas révélé l'identité de l'homme, mais a confirmé qu'il était de Grise Fiord et qu'il était dépressif, sans préciser la raison de sa présence dans l'avion médical. Le pilote de l'avion en détresse a signalé la présence à bord d'un passager indiscipliné. Les autres passagers de l'avion, après leur retour forcé à Grise Fiord, ont confirmé qu'un homme de vingt ans avait ouvert la porte de sortie et sauté, malgré les efforts déployés par les deux pilotes pour le calmer. Fortement ébranlés par l'accident, ces deux derniers ont refusé de commenter l'affaire. On signale par ailleurs l'absence d'une femme qui aurait dû se trouver à bord.

Le directeur général d'Air Parhélie a déclaré que ses pensées vont d'abord aux familles des disparus. « Nous assurons des vols en partance de Grise Fiord depuis au moins trente-cinq ans, et un tel drame n'est jamais arrivé auparavant », a-t-il déclaré à la CBC.

Selon un pilote, une « force énorme » serait nécessaire pour ouvrir la porte de sortie d'un avion. « Cette porte a quatre charnières en acier qui assurent le verrouillage de la cabine principale au fuselage. Lorsque la cabine est pressurisée, il est impossible de l'ouvrir. Il y a peut-être eu une défaillance du dispositif de sécurité. » On a pu noter des dommages mineurs sur la porte de la cabine, selon le rapport de Transports Canada.

L'identité de la femme prise en otage par l'homme demeure inconnue. Les policiers et le coroner territoriaux examinent actuellement le cas.

J'ai éteint la radio en promettant à Dieu que si Marcelline avait survécu à cette chute, je la demanderais en mariage aussitôt que je la verrais.

14

Perlerorneq ou le poids de la vie

Nous avons finalement pris un hélicoptère qui desservait la mine pour rentrer à Kimmirut le lendemain matin, tôt dans la matinée. J'ai vomi dans ma tuque au moins trois fois en vol. Nous transportions deux cent quarante-quatre boîtes de soupe Campbell crème de champignon. À mon arrivée, je ne voulais qu'une chose : avoir des nouvelles de Marcelline. Mais Brice de Saxe Majolique, orpailleur marxiste, m'attendait sur la piste pour me demander si j'étais capable de reprendre le travail le jour même.

— Ambroise, le ventre des travailleurs est l'élément le plus important pour le moral de la mine. Le dîner est le divertissement suprême ici. Tes tâches sont de première importance. Il est impossible de te remplacer aujourd'hui, a dit cérémonieusement Brice, en m'aidant à débarquer de l'hélicoptère.

— Ils ne mangent que des chaussons aux pommes, vos travailleurs. Le laveur de vaisselle pourrait facilement me remplacer, ai-je répondu, en jetant ma tuque souillée sur le tarmac.

— Très drôle, Ambroise. Mais je ne peux pas faire autrement. D'ailleurs, pour que tu puisses exprimer davantage tes talents de chef – si, si, je suis sincère, tu sais que mes goûts sont des plus raffinés –, j'ai eu l'idée hier soir de demander Marie-Perle en mariage et elle a accepté. La mort de ton frère m'a fait réfléchir. J'ai l'intention de l'aimer jusqu'à ma mort et de l'épouser cet été. J'aimerais donc que tu organises, d'ici dimanche prochain, un grand banquet pour célébrer nos fiançailles, avec des pétoncles et des oursins crus dans leur coquille épineuse, de la joue de bœuf musqué avec une émulsion de raifort, des œufs d'oies des neiges enrobés d'une poussière de genièvre, du tartare de saumon royal à la coriandre de mer, le tout servi sur des pierres et non sur des assiettes. Je souhaite aussi que les convives mangent avec les mains. J'ai vu cela dans un restaurant au Danemark, c'est très tendance. Le contremaître des foreurs se fiancera en même temps avec une Inuit de Pond Inlet, et la rumeur qui court dans les douches dit que Tommy demandera peut-être la main de Marcelline d'ici là, a crié Brice dans mes oreilles.

Il me tenait par le cou tout en vociférant et m'entraînait loin des hélices qui tournaient encore au-dessus de nos têtes. J'ai eu envie de lui enfoncer un tesson de glace dans l'œil.

— Vous n'avez pas entendu ? Il y a eu un accident dans l'avion médical, Marcelline était à bord, ai-je crié.

— De quoi parles-tu ? J'ai vu Marcelline sortir de sa serre il y a moins de dix minutes. Ses fraises seront certainement mûres pour le banquet. Elle est rentrée pendant la nuit, elle n'était pas sur ce vol. Tu t'inventes plus de problèmes qu'il n'en faut.

J'étais soulagé, mais j'ai pensé que Brice méritait plutôt que je lui prépare un festin de lamproies apprêtées de cinquante façons différentes. J'avais le cœur lourd. Dans la langue inuit, le mot *perlerorneq* signifie « le poids de la vie ». Il désigne une dépression profonde engendrée par la noirceur de l'hiver. Les manifestations en sont diverses : par exemple, une femme peut se rouler nue dans la neige ou s'emparer d'un couteau et menacer son mari dans leur igloo sans raison. Les anthropologues qui avaient étudié la question disaient qu'il n'y avait pas un été assez long pour effacer les effets de l'hiver et le manque d'activités extérieures. L'absence d'ensoleillement, les grands froids des mois précédents, et tous ces bouleversements commençaient à me gruger de l'intérieur. J'ai senti en moi l'appel de pulsions violentes, mais je me suis ressaisi. J'avais imaginé que Marcelline serait la première femme à toucher le plomb de ma fesse sans que je ressente le pincement originel, et, en quelques mots, Brice de Saxe Majolique venait de me rappeler que je n'étais qu'un homme timide, trop lent, même pour les protocoles amoureux. Marcelline était vivante, mais ma promesse à Dieu tombait à l'eau.

Je lui ai donc répondu que mon frère venait de mourir et que je n'avais pas l'intention de faire la fête. J'avais envie d'ajouter qu'il avait l'air ridicule dans son manteau blanc Canada Goose car, dans la culture inuit, cette couleur de manteau était réservée aux femmes. Encore une fois, je me suis retenu.

Quand je suis entré dans la cuisine, Marcelline la belle glaciologue discutait avec le cousin de Kujjuk, notre nouveau laveur de vaisselle. Kujjuk n'avait toujours pas réapparu. Marcelline signalait qu'il ne restait plus de sucre pour le café. Quand elle s'est tournée vers moi, j'ai répondu, irrité :

— Il y a des pots de miel en forme d'ourson sur les tables, ça va remplacer le sucre jusqu'à demain. On n'est pas au Ritz ici. L'avion-cargo arrive dans vingt-quatre heures.

Je tentais de ne pas hausser le ton pour ne pas effrayer mon aide de cuisine inuit. Les Inuits croient que vous êtes fou si vous criez.

Marcelline, surprise de me voir de retour d'Iqaluit, a semblé attristée. Elle a susurré avec une timidité inhabituelle :

— Je suis désolée, Ambroise. Ce n'est pas pour faire la difficile. Je ne peux pas manger de miel, je suis végétalienne.

Excédé, le cousin de Kujjuk a répondu pour moi :

— Dans mon village, à Igloolik, on dit que si une jeune femme aime manger du sucre, elle aura un mari qui la trompera.

— J'ai des amies à Montréal qui refusent d'embrasser un homme qui a mangé de la viande, a rétorqué Marcelline, visiblement vexée, avant de s'avancer vers le laveur de vaisselle et de lui déclarer bien en face qu'elle n'avait jamais eu l'intention d'avoir un mari.

Elle s'est ensuite engouffrée dans l'ouverture menant vers le caveau à légumes. Le bruit sourd que faisaient ses bottes sur les marches en linoléum résonnait dans la cage d'escalier.

— Tu vas être désolée, Marcelline, car moi je connais quelqu'un qui souhaite t'épouser, a dit l'Inuit avant de se tourner vers moi.

Je lui ai fait signe de se taire. Mon cœur a bondi dans ma poitrine. Mais Marcelline ne l'avait pas entendu.

Pour travailler dans un milieu si difficile, il faut être une femme endurcie, plus forte que les autres. Marcelline devait savoir s'imposer par son regard et même cracher au visage du nouveau machiniste s'il la frôlait de trop près trois fois dans la même semaine. Dans notre huis clos, faute de recul, les mauvaises relations entre collègues pouvaient facilement dégénérer. Marcelline avait la langue acérée. Elle avait la langue acérée et les yeux lilas. Ses cheveux noirs lisses et lourds rappelaient le pelage d'une panthère. Ses joues étaient rose tendre comme la chair d'une figue. J'espérais que les rumeurs colportées étaient fausses.

J'ai décidé de me plonger immédiatement dans le travail. J'allais devoir commencer les préparatifs pour les fiançailles aux crustacés de Brice de Saxe Majolique et sa troupe. Cela m'aiderait peut-être à effacer cette image tenace de mon frère couché dans un sac au milieu d'un hangar réfrigéré. Mon nouvel assistant m'avait montré deux grands bacs qui contenaient au moins deux cents kilos de homards et cent kilos de crabes des neiges à cuire. Les homards sont cannibales, c'est pourquoi on attache leurs pinces avec des élastiques, sinon ils s'activent dans des combats jusqu'à ce que tout le monde perde une patte. Pour moi, cette image illustrait parfaitement nos relations humaines à la mine.

Le laveur de vaisselle souhaitait me divertir avec les multiples histoires du fameux *nightlife* d'Iqaluit en affirmant qu'il avait déjà eu des morpions dans les cils. Je décortiquais des homards cuits pour faire une bisque et je l'écoutais d'une oreille.

— On peut même attraper la chlamydia dans l'œil, si on est particulièrement créatif, a-t-il ajouté.

Excédé, j'ai jeté des écailles dans son eau de vaisselle, avant d'ajouter :

— Ça suffit ! Ce n'est pas le moment et tu ne devrais pas parler de la sorte devant Marcelline.

Elle était remontée en cuisine et ne savait plus trop dans quel coin se cacher.

— Je me défends très bien moi-même, répondit-elle avant de tourner les talons et de se diriger vers la cafétéria.

C'est le jeune Inuit qui a eu le dernier mot, récurant avec une laine d'acier une marmite qui lui arrivait à la taille :

— Marcelline est bien douce depuis que Tommy l'a demandée en mariage. Les femmes ne résistent pas aux pilotes, c'est bien connu. Ici, à laver les assiettes des Blancs, je n'ai aucune chance, moi, a-t-il fait mine de pleurnicher.

J'ai eu l'impression que l'île de Baffin venait de sombrer dans l'océan. Je suis sorti. Au loin, les enfants des employés jouaient au basket sur une plate-forme en bois compressé, bâtie sur la plage rocailleuse. Ils bondissaient autour d'une énorme Lune qui touchait l'horizon, elle semblait faire davantage partie de la Terre que du ciel. J'ai fait un vœu : j'ai demandé à mon frère de me protéger. J'avais l'impression qu'il n'était pas encore dans l'au-delà et que son âme flottait au-dessus de la baie d'Hudson. Elle m'observait.

15

Vieille fille

Si Marcelline épousait Tommy, elle provoquerait un tsunami de cœurs brisés dans la mine. Quand Marcelline parlait, tout le monde était accroché à ses lèvres. Ses mots s'enfonçaient comme des moraines dans mon cœur. Pour survivre dans l'Arctique, il faut savoir conter des histoires épatantes. Notre seul capital, ce sont les légendes habilement échafaudées. Marcelline excellait dans l'art de conter. Elle aimait raconter que son arrière-grand-père, le peintre Charles Tulley, avait réalisé un tableau intitulé *Le Cadeau de Noël.* Hymne à la résilience, l'image représentait en clair-obscur une vieille fille engoncée dans un bonnet blanc. Elle venait de recevoir une hache de bûcheron en cadeau et la brandissait fièrement d'une main à laquelle il manquait l'auriculaire. Les histoires de Marcelline étaient irrésistibles.

On dit que les femmes peuvent tomber amoureuses plusieurs fois dans une vie, mais que pour un homme, un seul amour véritable est possible. Cet amour serait pour eux plus difficile à trouver et surviendrait généralement plus tard dans leur existence. Ce qui précède n'est souvent qu'amitiés, jeux et convenances qu'on prend pour de l'amour. Depuis mon arrivée, j'avais eu l'impression que toutes les femmes que j'avais connues avant étaient inutiles, qu'elles étaient toutes de pâles copies de Marcelline. L'air était-il plus rare à Kimmirut, pour que mon cœur se transforme en pelote d'épingles ? Elle ne pouvait pas accepter la demande de Tommy sans que je n'assassine celui-ci avec mon couteau à fileter. Dans un ultime geste de désespoir, je lui écrirai une lettre d'adieu sur le mur de ma cellule avec de la moutarde.

16

Kiwis polaires

Dans ce pays d'étés sans nuit et d'hivers sans jour, j'avais bien hâte de revoir Marcelline pour lui demander si elle allait vraiment se fiancer avec Tommy. J'avais également l'intention de lui expliquer ce que je pensais d'elle et de son mode d'alimentation. Je voulais savoir pourquoi elle ne m'en avait pas parlé avant. Il était vingt heures moins le quart, quand elle est enfin revenue en cuisine pour prendre dans le buffet trois kiwis que j'avais taillés en forme de roses avec un couteau d'office. Elle portait de petits ours polaires à ses oreilles, sculptés dans une défense de lion de mer par Kujjuk, et des lunettes de neige traditionnelles. Je n'ai pu m'empêcher de lui dire :

— Tu sais, ce n'est pas très écologique d'être végétalienne au pôle Nord.

— Ah bon… et pourquoi ? m'a-t-elle demandé.

J'avais attaqué sur un ton faussement laconique, alors que je m'étais répété la tirade au moins cent fois.

— Parce que la végétation est très rare ici. Tu sais, ces kiwis ont été cueillis en Nouvelle-Zélande où ils ont été réfrigérés et embarqués sur un bateau pour faire le tour du monde. Ils sont passés par Montréal, ont pris l'avion jusqu'à Iqaluit, pour atterrir en avion-cargo jusque dans ton assiette. Si l'on pense à mon salaire horaire et au temps que cela m'a pris pour les transformer en petites roses délicates, on pourrait conclure à un gaspillage supplémentaire de ressources. La mine s'en fiche, car elle n'a pas d'autres choix que de vous traiter comme des princes pour que vous restiez. Mais les frais pour transporter ces fruits-là sont astronomiques. Chaque kiwi consommé ici coûte environ 40 dollars. Imagine ton empreinte écologique quand tu manges un seul de ces petits fruits velus. Les choux et les pastèques sont les légumes les plus chers à cause de leur poids, mais la mine ne s'en soucie guère. Elle est prête à tout pour encourager les foreurs et les mécaniciens spécialisés à rester ici et à prévenir le scorbut. Tu aimes les kiwis ? Savais-tu que l'Office québécois de la langue française, qui n'aime pas les anglicismes ni les calques du néo-zélandais, a voulu rebaptiser le kiwi « souris végétale » ?

— Je n'ai jamais pensé à tout ça…, a-t-elle répondu, la mine déconfite.

Elle était désemparée. Je venais de lui clouer le bec.

— Il me semble que tu devrais être la première à le savoir. Mieux vaut manger local. Du poisson qui vient de Pond Inlet, de l'omble, par exemple. Le poisson polaire est un poisson magnifique et très bon. On en trouve de toutes les couleurs : blanc crème, argenté, rosé, charbon, jaune chrome, orange. On reçoit des filets de poissons dans des sacs poubelle, chaque fois qu'un hélicoptère va récupérer les moniteurs d'ours polaires dans leur communauté. Parfois, ils proviennent d'Igloolik. On les sert crus sur la table. C'est de cette manière que les travailleurs inuits aiment les manger. Tu peux appeler cela ceviche ou gravlax ou sashimi. C'est comme tu veux. Mais au moins tu seras en paix avec tes copains de Greenpeace. Il n'est pas en surpêche ici. Et savais-tu que les poissons polaires ont un avantage sur nous ? Ils sécrètent des protéines antigel. Si tu en manges, ils te préserveront du froid.

Marcelline faisait la grimace, comme si elle avait mordu dans un citron. Elle ne savait plus quoi répondre. Elle est sortie de la cuisine avec ses trois kiwis, l'air un peu effrayé par ma colère à peine contenue. J'ai terminé ma bisque de crustacés, avec au fond de la gorge une saveur biliaire qui a provoqué une toux sèche. Le robot culinaire rempli de carapaces m'a empêché de comprendre ce que Marcelline a crié en se retournant dans le couloir, mais j'ai bien vu qu'elle semblait cracher du feu.

17

La présence d'un ours

En fait Marcelline souhaitait maintenant que je crève pour enterrer ma tête dans un pot en grès, où elle planterait de la salicorne de mer avec laquelle elle assaisonnerait ses plats pendant un été entier. Du moins, c'était ce qu'elle avait dit au laveur de vaisselle croisé dans le couloir. Elle était visiblement en colère.

Toute la soirée, je me suis posé la même question. Je me suis demandé s'il n'était pas temps pour moi de retourner vivre dans le Sud, maintenant que j'étais seul sur la banquise. Plus rien ne me retenait sur l'île de Baffin. Le soleil allait se coucher dans moins d'une heure. Dehors, Tommy s'amusait à jouer au ballon sur la glace avec les enfants de deux foreurs. Il portait des genouillères et bondissait avec une énergie que je ne posséderai jamais. Je ne suis pas très athlétique et, pour me rendre attirant auprès des femmes, je jouais plutôt la carte de l'homme tendre et attentionné. Les hommes comme Tommy peuvent se permettre de ne pas connaître l'emplacement du panier à linge. Ils ne font jamais la vaisselle, à moins d'être coupables d'un faux pas et de chercher à se faire pardonner. Moi, j'ai toujours pensé que, si je ne participais pas à toutes les tâches ménagères, les femmes ne m'aimeraient plus, que je deviendrais inutile à leurs yeux.

Un brouillard épais s'est levé alors qu'ils jouaient au foot avec leur ballon fabriqué à partir d'intestin de narval, et qui porte chance, selon les Inuits. Le soleil continuait sa trajectoire en direction du sol. Au loin, j'ai soudain aperçu un ours polaire amaigri, au pelage très jaune, qui s'approchait des joueurs. Je n'ai rien dit, l'observant du coin de l'œil. Il est venu inspecter l'objet inconnu qui sautillait sur la glace. Fasciné par le ballon, il s'est mis à le pourchasser entre les joueurs éberlués, qui se sont vite dispersés pour rentrer au camp. Rien au monde n'éveille le sentiment d'être vivant comme la présence d'un ours.

Je me sentais triste. Jamais plus je n'aurais l'occasion de raconter cette scène à mon frère : elle aurait fait son effet lors d'un voyage de pêche ou une partie de chasse. Spécialiste des traités et des actes ancestraux, Rosaire aimait également chasser l'ours polaire. Il vénérait les ours. C'était sa passion. Mais il jouait aussi au taxidermiste avec eux. Ce qui était plus dangereux. Les trophées d'ours polaires sont interdits aux États-Unis et en Europe, mais ils sont toujours tolérés au Canada, où les chasseurs de trophées doivent cependant payer le prix. Un marché noir existe bien sûr, surtout dans l'entourage des milliardaires russes du pétrole. Rosaire avait longtemps travaillé sur la Constitution du Nunavut pour aider les Inuits à s'affranchir des lois concernant la protection des espèces en voie de disparition, même si les neuf derniers mois, il s'était surtout occupé des affaires circumpolaires du gouvernement canadien et à l'occasion de celles de Brice de Saxe Majolique.

Perdu dans mes pensées, je n'ai pas senti Tommy s'approcher de moi. Je l'ai soudain entendu dire, haletant :

— Comment as-tu pu rester assis là sans nous avertir du danger ?

— Je n'ai pas vu l'ours tout de suite, ai-je menti. Je regardais la trajectoire du soleil à l'horizon. Les phénomènes optiques m'intéressent depuis que ma vie n'a plus de sens.

— Rosaire m'a dit un jour : « Lorsque quelqu'un te fait du mal, il demande à ce que tu lui démontres davantage d'amour. »

Tommy se montrait soudainement philosophe.

Je suis allé me coucher sans trouver le sommeil immédiatement. Pour la première fois depuis la mort de mon frère, et malgré ma fatigue des derniers jours, j'ai pris le temps de réfléchir. Les enjeux de la mort de Rosaire étaient multiples. J'aurais dû, comme tout le monde, soupçonner la colérique Lumi d'avoir assassiné mon frère. Mais, au cœur de mon insomnie, mes soupçons se portèrent sur Brice de Saxe Majolique.

18

Désamours polaires

La ramure est une arme qui pousse sur le front de l'orignal et dont il se sert pour se défendre. Rosaire, lui, n'avait pas su se défendre contre son ennemi. Il était attiré malgré lui par le monde interlope. Le côté sombre de la vie de mon frère était le trafic de taxidermiste. Il pratiquait cette activité illégale comme un loisir. En clair, il aidait les autochtones à profiter de leurs droits ancestraux à des fins commerciales, ce qui est interdit. Les autochtones ont le droit de chasser, mais ne peuvent pas vendre les produits de leur chasse. C'est très connu, ceux qui n'avouent pas avoir de petits secrets honteux sont ceux qui portent en eux les histoires les plus sordides. Les tragédies les plus avilissantes arrivent dans les plus belles demeures. Je savais que mon frère avait vendu des ours polaires à Brice de Saxe Majolique, à l'époque où celui-ci était encore taxidermiste à Paris.

Brice de Saxe Majolique semblait souvent faire les mauvais choix lorsqu'il arrivait à la croisée des chemins. Pour nourrir son amour de la chasse, il avait acheté la maison de taxidermie *Le Veau blond,* à Paris. Chasseur émérite de renards roux et de canards siffleurs, il avait toujours rêvé d'abattre en pleine nuit un harfang des neiges, une bête sournoise et élégante qu'il avait vue pour la première fois au Salon du livre de Paris. L'animal exposé portait un tutu rose pour attirer les badauds et les inciter à feuilleter un livre sur les oiseaux de proie, écrit par un homme d'Igloolik qui avait une discipline de fer : « Un livre signé, un doigt de whisky. » Le hibou, perché sur le bras ganté de cuir d'une jeune Inuit, avait poussé un long « houhouhou », la gorge secouée d'un spasme. À la vue de Brice de Saxe Majolique, il avait subitement tenté de l'attaquer tête baissée. Heureusement, le rapace nocturne avait les ailes légèrement rognées et était attaché par un cordon de cuir à sa maîtresse, sinon le prince taxidermiste aurait reçu ses serres en plein visage. Brice de Saxe Majolique avait passé des heures devant la jeune Inuite qui se prénommait Lumi à regarder la bête dans les yeux : de grands yeux ronds, jaunes, des yeux de tueur. Ce regard avait consolidé son désir de faire des affaires en Amérique française qui allait se révéler un terrain de jeu idéal pour le prince.

Dans notre communauté, où le temps était calculé en lunes, et où tout le monde avait un peu goûté à tout le monde, je tentais pour ma part de rester à l'écart de ce cercle vicieux, préférant regarder les relations se faire et se défaire. Brice de Saxe Majolique avait rencontré Lumi il y avait des années, alors qu'elle accompagnait son oncle à Paris. C'était bien avant qu'elle ne fasse la connaissance de Rosaire. L'orpailleur ne s'en était jamais remis. Tous les vendredis soir, dans son immeuble du 7e arrondissement de Paris, il s'asseyait sur une chaise, devant une fenêtre de son salon, un chapeau en fourrure de loutre posé sur la tête, un verre de Jägermeister à la main. Là, il pensait à Lumi, cette femme qu'il n'avait rencontrée que quelques heures, mais dans les yeux de laquelle il avait vu la mémoire des siècles passés. Il avait ressenti auprès d'elle une certaine familiarité, comme s'ils se connaissaient depuis des millénaires. Elle lui avait dit : « J'habite à Igloolik. Tu peux venir me visiter. » Et elle était repartie chez elle, là où la neige compacte amortit le bruit des moteurs des motoneiges, mais où l'air glacé ne peut rien contre la lourde odeur de gazoline. Brice avait passé les vingt-huit jours suivants à scruter des images satellites d'Igloolik. Il avait rejoint Lumi un mois plus tard.

Mais Brice avait vite déchanté. Lumi n'avait jamais imaginé qu'il ferait tout ce chemin pour la voir. Lumi aimait sortir le samedi soir dans les bars caverneux d'Iqaluit. Elle voulait vomir dans la neige. Elle ne voulait pas passer ses week-ends devant le feu à écouter Brice de Saxe Majolique lui lire des extraits de son arbre généalogique. Elle voulait souper debout, directement d'une boîte de conserve, sans argenterie, sans assiette pour poser son pain. Après leur rupture, Lumi avait décidé d'aller étudier à Montréal. Elle prendrait sa vie en main.

De Saxe Majolique avait quitté le confort humide

de son hôtel particulier, à Paris, pour une aventure en motoneige dans l'enfer blanc. Sa passion pour Lumi avait été un déclencheur : sa vie parisienne l'ennuyait. À l'époque, à la grande stupéfaction de la population locale, il pratiquait la chasse en collants, à l'anglaise, avec une gourde en estomac de wapiti à l'épaule. Son lévrier, fidèle au poste, portait un petit manteau en tartan assorti, avec doublure en laine molletonnée, et des bottines pour la neige. Le prince taxidermiste vivait de ses rentes sans avoir annulé son abonnement à *L'Annuaire de la noblesse de France*, qui s'empilait sur le paillasson devant son appartement parisien.

Brice de Saxe Majolique était parti serein pour l'Amérique du Nord, convaincu que la France brimait ses libertés. À l'étroit dans les traditions et les obligations familiales, il avait dit à un de ses cousins incrédules : « J'explorerai même le cercle polaire. Là-bas, il y a tout, sauf ce que nous avons ici. » Il était convaincu qu'en abandonnant sa mère patrie, sa vie commencerait. Personne n'allait le contraindre à fonder une famille pour perpétuer son lignage, à adorer ses enfants, et à vivre une vie qu'il détesterait. Il voulait devenir ce que l'on n'attendait pas de lui.

Bien que né pour l'oisiveté, Brice avait travaillé comme le petit peuple à son arrivée en Amérique du Nord. C'était en partie pour s'attirer la sympathie de Lumi, à qui il restait indifférent. Il avait été opérateur de téléski à Tremblant pendant deux saisons, aidant des Américaines en manteau de vison rasé à s'installer dans le tire-fesses, cigarette au bec. À l'époque, il portait un ensemble de ski une pièce Le Coq sportif vert fluorescent, avec fermeture Éclair tout du long. Il avait vite su s'en débarrasser, car cette tenue était mieux adaptée aux pentes de Chamonix qu'aux grands froids canadiens.

Après le refus de Lumi, Brice de Saxe Majolique avait acheté un *claim*, un titre d'exploration minière. Il avait commencé son travail de prospecteur à Kimmirut, et il se rendait à Iqaluit, au bar du *Cercle polaire*, tous les mardis vers midi. Pourtant la ville le révulsait car elle l'empêchait de sombrer dans ses profondeurs contemplatives. Depuis la perte de Lumi, Brice de Saxe Majolique éprouvait des douleurs au foie et sa peau avait jauni. Il reluquait les danseuses en bottes cuissardes et aux ongles de plastique aux couleurs de l'arc-en-ciel. Une Russe de Volgograd était sa favorite : elle se contorsionnait en mille grands écarts autour de sa chaise, sur ses talons échasses, et récurait le tympan de Brice avec sa langue, avant de s'asseoir à cheval sur lui, les jambes par-dessus le dossier de la chaise. Il la repoussait parfois violemment. Son combat était maintenant de défendre son corps contre les intrusions sentimentales nuisibles. Comme s'il s'entourait de fil barbelé invisible. Avant de sortir du bar du *Cercle polaire*, il visitait toujours les toilettes et nettoyait ses mains à l'aide d'un chamois qu'il gardait dans sa poche et de quelques gouttes de savon antibactérien.

À l'époque, Brice de Saxe Majolique souffrait régulièrement de mélancolie ancestrale, et il lui semblait impossible de ne pas réagir avec une violence immédiate à sa tristesse. Par le passé, il avait tenté, après avoir bu deux bouteilles de vin cuit, de se suicider en se vaporisant de l'insecticide sur la langue. Il s'était réveillé avec un solide mal de tête et une haleine d'éthanol.

Mais lorsque Lumi était réapparue dans la région, aux côtés de Rosaire, la douleur lancinante de Brice de Saxe Majolique avait semblé soudainement s'apaiser.

— Rosaire est un homme parfait pour elle, m'avait-il dit un jour, accoudé au bar.

Je me souviens avoir pensé que, lorsqu'on nous ment avec aplomb, on sent toujours que l'interlocuteur tente de nous duper. Il nous reste alors à choisir de faire confiance à notre instinct ou de croire son mensonge.

Couché dans mon lit, avec un drapeau du Nunavut enroulé autour de ma tête pour ne pas voir le soleil de minuit, j'ai pensé que Brice pouvait avoir empoisonné mon frère, en espérant faire croire à la culpabilité de Lumi.

19

Une botte d'asperges fines

J'ai eu une surprise en arrivant à la cafétéria ce vendredi matin-là. Mitsy Cooper m'attendait, en personne. Arrivée tôt par hélicoptère, elle voulait avoir mon avis sur l'assassinat de Rosaire. En prenant une bouchée de son chausson aux pommes d'une main et en inhalant sa cigarette de l'autre, Mitsy me montrait sur son portable une vidéo de l'interrogatoire de Lumi, qu'elle avait obtenue de façon à demi légale. Malgré mes réticences envers ses méthodes de travail, j'étais curieux de voir la vidéo.

Lumi avait été amenée au poste de police d'Iqaluit après la découverte du corps de mon frère. Dans le Nord, il y a beaucoup de violence, de suicides, de disputes conjugales et de trafic de drogue, mais les meurtres sont plutôt rares. Le policier doit trouver le coupable rapidement pour montrer qu'il est compétent. Celui qui était de service, ce jour-là, semblait jubiler : il serait seul avec la belle autochtone pour l'interroger. Dans la salle d'interrogatoire, un petit crucifix en plastique rose était cloué au mur. Il est tombé au sol pendant que le policier lisait ses droits à Lumi.

Elle a aussitôt déclaré :

— Je n'ai pas besoin d'avocat, je n'ai rien fait. Posez-moi les questions que vous voulez.

— Tu es la dernière à avoir vu Rosaire vivant, est-ce que tu l'as tué ?

— Non. Il était mort quand je suis arrivée dans sa chambre. J'avais passé la nuit chez moi.

— Comment Rosaire est-il mort ?

— Vous êtes fou ou quoi ? Maintenant, je veux parler à un avocat.

— Tu ne veux pas continuer l'interrogatoire et coopérer avec la police ? Ce serait pourtant plus facile pour toi de t'en sortir comme cela. Sinon, les procédures judiciaires vont commencer, et tout est lent, ici. Ça prendra des années... Les avocats viennent une fois par mois, par avion. Tu connais Bearskin Airlines ? La liste d'attente est longue.

— J'aime Rosaire, je ne l'ai pas tué. Je souhaitais faire ma vie avec lui.

— Rosaire n'était pas ton copain. Tu n'étais qu'une fille parmi d'autres sur sa liste. Parle, car la prison va t'avaler, si tu ne dis pas la vérité.

— J'ai le droit de voir un avocat.

— Tu croupiras pendant deux mois dans une cellule mal chauffée, si tu espères la venue d'un avocat ici.

— Faites-moi passer au détecteur de mensonges, a crié Lumi.

— Habituellement, ceux qui demandent un détecteur de mensonges sont coupables.

Le policier souriait, fier de sa réponse. Il a ensuite

laissé Lumi seule dans la salle d'interrogatoire pendant quatre heures. Elle ne réagissait pas comme une fille qui venait de perdre son petit ami, mais comme une personne sur la défensive. Dans son pantalon Lululemon, elle s'était mise à prendre des postures de yoga dont celles du dauphin et du guerrier. J'aurais observé les quatre heures de bande vidéo la montrant seule dans la pièce pour analyser chacun de ses mouvements, si Mitsy n'avait pas été à mes côtés. Les réponses de Lumi m'avaient semblé improvisées mais réfléchies.

Lorsque l'agent a réapparu, Lumi avait les bras croisés et la tête couchée sur la table. Elle lui a demandé du café. Il s'est approché d'elle et lui a effleuré le flanc, en remontant vers son sein.

— Tu as l'habitude de vendre tes faveurs aux hommes. Je sais qui tu es, Lumi.

— Je ne suis coupable de rien d'autre que d'avoir pris trois verres de whisky avec Rosaire au bar du *Cercle polaire*, hier soir. Il arrivait de Montréal et m'avait rapporté une botte d'asperges fines qu'il avait achetée dans une ferme bio, pendant le weekend. Il m'en avait même fait goûter une…

Lumi semblait soudainement plus déboussolée et moins sûre d'elle. Fatiguée. Puis le policier était ressorti de la salle, pour ne revenir que deux heures plus tard, sans café. Mitsy faisait avancer la bande vidéo.

Lumi était visiblement épuisée. Elle tenait sa tête dans ses mains.

— Tout le monde sait que ton père est un homme

blanc, un Finnois venu ici pour participer à une expédition scientifique. Mais ta mère te l'a caché, jusqu'à ce que tu aies dix-huit ans. Crois-tu vraiment que je vais avoir de la compassion pour une métisse ?

C'est à ce moment précis que la bande se terminait.

20

Puikartuq ou remonter à la surface pour respirer

Je me sentais très reconnaissant envers Mitsy. Mais, depuis le visionnage de la bande vidéo, je n'arrivais plus à tenir en place. Je savais que dans le Nord il faut savoir s'adapter. Certaines chenilles doivent grandir pendant quatorze étés consécutifs avant d'être assez grosses pour devenir des papillons de nuit.

Je m'adapte mal. Je suis un être rassuré par la routine. Mon angoisse est mon plus grand handicap. J'ai même du mal à exécuter les fonctions de survie les plus banales, comme inspirer et expirer. J'inspire à intervalles irréguliers, comme le font les baleines qui remontent à la surface toutes les vingt minutes. La nuit, en dormant, j'oublie parfois d'expirer comme si j'étais en apnée. Mon torse alors se gonfle, se gonfle, se gonfle, et je finis par me réveiller en sursaut.

C'est le souffle haletant et comme inspirant dans une pompe à asthme, alors que je tirais une luge de bois remplie d'un arrivage de cent quarante-quatre morues congelées, que j'ai eu une illumination. Il était clair que Lumi avait menti. Le lundi 3 mai, à Iqaluit, jour du décès de mon frère, avaient eu lieu les élections municipales. Selon un décret du Nunavut, aucune consommation d'alcool n'était permise dans les bars quarante-huit heures avant la tenue d'un scrutin, sous peine d'amende. Lumi racontait sur la bande vidéo qu'elle avait bu trois whiskys avec Rosaire au *Cercle polaire* le dimanche soir, veille des élections. Aurait-elle donc menti ?

Je ne cessais de passer en boucle dans ma tête toutes les informations que m'avait fournies Mitsy. J'étais très impressionné par son implication dans cette affaire, alors que la police, elle, semblait se tourner les pouces. Au cours de ses recherches, elle avait découvert que, trois jours avant sa mort, Rosaire avait résilié la police d'assurance d'un million de dollars qu'il avait souscrite pour Lumi en guise de cadeau de fiançailles. Elle avait également trouvé la copie d'un reçu indiquant qu'il avait posté, le 3 mai à 8 h 39 du matin, une enveloppe adressée à mon appartement, à Montréal. J'avais gardé ce logement pour y stocker toutes mes affaires : j'étais venu à Kimmirut avec mon seul sac à dos. Il était difficile de savoir si ce courrier ne se trouvait pas toujours dans la soute d'un bimoteur traversant la toundra. La ligne entre le code postal X0A 0H0 et le Sud est entrecoupée de décollages et d'atterrissages. Cette enveloppe en disait peut-être long sur les motifs du meurtre.

Le médecin légiste, un pisse-vinaigre en manteau kanuk trois quarts platine, était enfin parvenu jusqu'à Iqaluit. Il avait fait l'autopsie dans la nuit et avait manqué son avion pour Montréal, ce qui l'avait rendu enragé. Mitsy m'a téléphoné en fin d'après-midi pour me donner son verdict, alors que je prélevais des joues de morues pour en faire une soupe. Il avait trouvé une concentration toxique de vitamine A dans le foie de Rosaire et en avait conclu qu'il avait été empoisonné, sans pouvoir indiquer de quelle façon, faute de laboratoire d'analyses. Le corps de Rosaire serait envoyé par avion à Montréal. C'était la première fois qu'un tel cas se présentait à lui.

À mon avis, plusieurs pistes pouvaient être étudiées. Rosaire était connu pour ses amours éparses. Plusieurs femmes étaient devenues radioactives à son contact et auraient facilement pu l'empoisonner. Il ne restait qu'à en faire la preuve. Son appartement de Montréal était en train d'être fouillé. On avait également trouvé un bidon d'éthylène glycol de la marque Canadian Tire, plus connu sous le nom commun d'antigel, dans la camionnette de Lumi. C'était un poison domestique couramment utilisé par les femmes aux États-Unis pour se débarrasser de leur mari, car son goût sucré est similaire à celui des boissons énergisantes de type Red Bull.

J'arrivais avec peine à me concentrer sur la préparation du banquet des fiançailles. Tous mes gestes semblaient mécaniques. J'étais dans la tourmente. Mon cœur était en purée. Je devais préparer des os à la moelle de bœuf musqué, mais tout ce que j'avais en tête, c'était la liste des ennemies féminines potentielles de Rosaire. Il avait un magnétisme particulier, une confiance en la vie qui faisait vaciller toutes les femmes qui se tenaient à moins d'un mètre de lui.

En entrant dans son rayonnement, je me sentais moi-même apaisé par sa sérénité.

Son travail d'avocat pour le compte de la mine était controversé lui aussi, et même ses recherches sur Jean Nicolet, notre illustre ancêtre, celui qui avait trouvé la mappemonde chinoise discréditant Christophe Colomb. Les conclusions de mon frère avaient mis en furie toute une petite communauté d'universitaires, qui avaient passé toute leur vie de chercheur à étudier Colomb. Rosaire avait été traité de fabulateur, de révisionniste et même de faussaire. Je me sentais bien seul dans ce maelström. Il y avait tant de pistes et si peu de solutions. J'ai remarqué soudain que mes morues semblaient avoir été filetées par un fou. J'ai ramassé le carnage dans une bassine en plastique bleu et je suis allé déposer le tout devant les chiens-loups, qui se sont mis à japper si fort qu'on les a entendus à des kilomètres. Le chef de la meute m'a mordu à la cheville et m'a fait tomber au sol en tirant sur mon pantalon. Je me suis relevé, j'ai balayé la neige à forte odeur d'ammoniac sur mon manteau, et j'ai marché jusqu'à la mer les larmes aux yeux. J'essayais de comprendre pourquoi Lumi avait menti. Je ne l'avais jamais vue boire de whisky : elle préférait les cocktails colorés au Marie Brizard. Le ciel au-dessus de la langue glaciaire était de la couleur d'une ecchymose et deux narvals entrechoquaient leurs défenses, comme des mousquetaires maniant le glaive, au loin, dans la baie d'Hudson.

21

L'isométrie de l'amour

Le mensonge de Lumi m'a tourmenté toute la journée. Une journée bien remplie, durant laquelle j'ai prélevé le corail de cent quarante-neuf langoustines pour en faire des tuiles, préparé du sirop de bouleau, un granité de betteraves, pétri du pain à la réglisse et utilisé la chair des langoustines écarlates pour pouvoir présenter le lendemain, jour du festin, un tartare assaisonné d'algues. On dit que s'il faut garder ses amis près de soi, il faut garder ses ennemis encore plus près. J'ai donc apporté du caviar gris comme un manche de fusil sur des cubes d'omble cru à Tommy qui jouait à la Nintendo sur l'écran de la télévision dans la cafétéria. J'en ai profité pour lui demander ce qu'il pensait de Lumi. Il m'a expliqué que Lumi était une bonne fille, même si elle n'avait pas eu une vie ordinaire. Puis, il m'a parlé de ses origines :

— Lumi veut dire « neige » en finnois. On prétend que son père était un explorateur blanc né à Pori, en Finlande. Elle a vu le jour dans un cabanon posé sur une falaise que l'on nomme « la baie des licornes » en inuktitut, m'a-t-il dit dans un état second.

— La baie des narvals… Rosaire adorait les narvals. Il me parlait souvent de cet animal légendaire. On l'a longtemps considéré, sous l'ère chrétienne, comme la fameuse licorne des mythes, à cause de sa corne en spirale et de sa timidité. On le surnommait : la licorne des mers.

— La défense du narval est en fait une longue dent torsadée, a précisé Tommy. Les Inuits en tirent le très célèbre *muktuk*, une pièce gastronomique constituée de la peau de l'animal et d'une épaisse tranche de gras au goût de noisette. Je dois être un des seuls Inuits à ne pas aimer le muktuk, a-t-il ajouté en rigolant et en tapotant comme un fou sur sa console. Je préfère la tarte au phoque ou la pizza au caribou.

— Les enfants inuit adorent le muktuk pourtant, presque autant que les friandises ! Mais je te comprends. Pour moi, ça ressemble à un plat d'abats que j'ai avalé dans un bouchon à Lyon : le tablier de sapeur. Ce n'était rien d'autre qu'une énorme portion de gras ! ai-je rétorqué, en engloutissant avec gourmandise une cuillère de caviar polaire.

Je suis retourné en cuisine préparer une terrine de foie de lièvre à la livèche, transi d'inquiétude. La jeune danseuse qui avait ravi le cœur de Rosaire faisait face à de sérieuses accusations. Je savais que son mode de vie des dernières années avait fait d'elle un élément marginal dans la communauté. Je n'ai pu m'empêcher de tirer Tommy de son jeu une seconde fois.

— C'est comme si Lumi avait eu déjà plusieurs vies. Elle a vécu des choses incroyables pour une jeune fille née dans la noirceur polaire, ai-je dit après un long silence.

— La lune ne s'est pas couchée pendant les dix-huit jours qui ont suivi sa naissance et sa mère avait prédit que c'était le signe d'une catastrophe à venir, a répliqué Tommy, la voix légèrement enrouée.

Je n'ai jamais avoué à Rosaire que j'avais connu Lumi bien avant lui, dans la même maison close du Vieux-Montréal. Le jour où il me l'avait présentée comme sa future fiancée, j'avais vu dans son regard qu'elle aussi se souvenait de moi, mais que notre secret serait préservé intact. Je n'avais même pas cligné des yeux. Elle était restée calme. Je l'avais embrassée sur les joues. Nous n'avons jamais eu besoin d'en parler. Nous n'en avons jamais parlé entre nous en son absence par respect pour mon frère. Cette loi du silence qui régnait au lupanar semblait être au-dessus de toutes les autres règles de notre société, précieusement transcrites dans des livres de loi et entérinées par des hommes portant la perruque. Notre souci commun était de ne pas froisser mon frère, et nous l'avons protégé par notre mutisme jusqu'à sa mort. Je ne voulais pas décevoir Rosaire. Mais aujourd'hui, je sais que j'ai eu tort de garder ce secret.

Je dois dire que Lumi me fascinait, mais que je ne l'ai jamais aimée. J'avais peur d'elle et de sa puissance d'envoûtement. J'étais surtout médusé par son histoire qu'elle racontait si savamment. Comme ses ancêtres, chasseurs de bélugas, de rorquals et de narvals, elle semblait ne jamais avoir eu peur d'avancer dans la nuit même sur la glace et aimait répéter certains détails de son passé, comme si elle construisait une légende. Sur cette terre du Nunavut, les meilleurs conteurs survivaient toujours plus longtemps que les autres.

22

L'épice des juges

Lumi m'avait raconté son histoire tant de fois pendant les nuits où nous buvions un peu trop que je me devais de trouver l'élément incongru qui me révélerait la vérité sur la mort de mon frère. Seul dans la cuisine, ouvrant deux cents douzaines de pétoncles provenant du trou aux coquillages, je pestais. Tout en séparant des racines de salsifis de leurs feuilles que je laissais tomber dans un seau, je faisais défiler son histoire dans ma tête.

Elle omettait de dire qu'elle était partie vers le sud pour fuir Brice de Saxe Majolique. Elle préférait prétendre que, plus jeune, elle adorait le frisson existentiel que lui procuraient la ville, les transports en commun, les couloirs du métro de Montréal. Elle était fascinée par les jeunes hommes qui modelaient leur garde-robe sur le héros d'*American Psycho*. En ville, elle se sentait comme une proie. Elle frayait avec les Blancs. Elle ne s'était jamais réellement sentie à sa place nulle part. Lumi racontait souvent qu'à l'université elle avait envié ses copines au regard frais, dont le seul souci était de s'amuser. Elles traînaient ensemble dans les bars, assistaient à des spectacles de musique punk et lisaient des poètes mélancoliques qui les retenaient dans l'enfance. Tout un monde nouveau s'était ouvert à elle, elle qui avait toujours vu sa vie réglée par les contraintes quotidiennes que demandait la survie dans le Nord. Dans la ville du Sud, elle notait ses rendez-vous au creux de sa main avec un stylo-bille, mais arrivait en retard en classe. Elle était souvent épuisée, elle bâillait, elle regardait par la fenêtre. Elle dormait une heure chez elle et repartait travailler. Lumi devait travailler tous les week-ends pour payer ses études. Elle avait toujours préféré le travail à l'oisiveté. La notion de vacances lui était étrangère. Elle n'était en congés que pour Noël, Pâques et le jour de la Fête de la Reine. Deux choses lui manquaient : regarder passer sur la mer de Baffin des icebergs grands comme des cathédrales de jade et avoir des prétendants qui taillent des baleineaux dans la roche de talc en guise de rituel amoureux.

C'était Marie-Perle, une grande blonde aux yeux cernés, corsetée dans son manteau de cuir à zips, qui l'avait approchée. Elle s'était adressée à Lumi sur le parvis d'un pavillon de l'université, en fumant une cigarette entre deux claquements de chewing-gum rose. Il avait tout de suite été question de travail. Marie-Perle avait échangé ses faveurs contre de l'argent, en postant sur le Web des messages de jeunes étudiantes à la recherche de l'âme sœur, mais c'était devenu trop dangereux. Maintenant, elle œuvrait comme réceptionniste dans une lanterne rouge et elle était amoureuse d'un ancien client qui portait le prénom de Rosaire. Au contact de Marie-Perle Lumi avait commencé à évoluer dans ce milieu interlope qui lui était totalement inconnu. La vie, enfin, cesserait de la filouter, avait-elle pensé.

Proche du palais de justice, la maison close satisfaisait une clientèle composée en grande partie d'avocats, de médecins légistes et de greffiers. L'endroit était illuminé de mille bougies, les murs du salon étaient recouverts d'une ancienne tapisserie dont le fond rouge était décoré de perroquets bleus et verts perchés sur des hibiscus jaune orangé. C'était un lieu convivial où régnait une forte théâtralité. Dans la rue et à l'université, les filles demeuraient habillées comme tout le monde, portaient des lunettes sévères et des jeans, mais, entre les murs de la lanterne rouge, elles étaient lacées dans des corsets ivoire, parées de bijoux lumineux en filigrane d'or, et elles marchaient comme sur des échasses dans des souliers à talons aux semelles rouges. En se tenant un peu en retrait, on pouvait croire que l'on assistait à une grande orgie vénitienne peinte par Canaletto.

De sa voix aiguë, Marie-Perle avait convaincu Lumi d'essayer au moins pour un soir. Malgré les conseils de sa recruteuse, Lumi ne savait pas à quoi s'attendre avec son premier client. N'ayant pas de tenue flamboyante, elle avait choisi de porter la robe qu'elle avait achetée dans une friperie : une robe vert mousse en soie des années 1920, avec un papillon en passementerie beige à l'encolure. On lui avait offert un verre de vin, qu'elle s'était empressée d'engloutir.

Une des filles lui avait dit : « Une femme du monde ne touche jamais le ventre d'un verre. Elle le prend par le pied. » Elle craignait un peu de se faire tabasser, de revenir chez elle les paupières gonflées, le nez collé de sang et la robe en haillons. Rien de tout cela n'est arrivé. Son premier client avait été un professeur d'une quarantaine d'années aux tempes grisonnantes. Il portait un complet italien marine, une chemise de lin tissé bleu poudre et des souliers en cuir caramel. Il était plus attentif que tous les hommes qu'elle avait connus auparavant. Ils avaient passé plus de temps à parler qu'autre chose. Il enseignait les littératures nordiques à l'université. Il s'intéressait aux cultures menacées des divers pays arctiques et disait préparer une étude sur la culture shor. Seulement dix mille personnes au monde parlaient encore le shor, une langue du sud de la Russie construites sur des racines finlandaises et turques. Il était très excité, car il venait de mettre la main sur un livre de poésie écrit par Gennady Kostochakov, intitulé *Je suis le dernier poète shor*, et il souhaitait interviewer le poète pour *Les Cahiers des littératures arctiques*. Les conflits internes à la Russie avaient dispersé les petits groupes de la population qui parlaient encore cette langue ce qui avait accéléré son extinction.

Lumi était sortie de cette maison très étonnée, presque sonnée, mais saturée de bonheur et avec en poche de l'argent rapidement gagné. Avec ses cinq cents dollars, elle avait acheté un portefeuille rouge en cuir de saumon, pour y entreposer les billets de banque destinés à payer ses études universitaires.

Elle n'aurait pas besoin de retourner dans l'Arctique pendant un bon moment. Tous ses problèmes semblaient réglés.

Lumi allait devenir une fille que l'on paye en échange de sa compagnie, et elle se promettait de garder ce secret verrouillé dans son cœur toute sa vie. C'était un échange de bons procédés : elle consolerait des hommes d'affaires avec sa beauté du Nord et, eux, ils lui parleraient de choses qui lui étaient inconnues, de voyages dans des pays qu'elle ne visiterait jamais. Le monde défilerait devant elle, et elle apprendrait à le comprendre grâce à leurs confidences. Elle saurait des vérités que l'on n'apprend nulle part ailleurs.

Les jours suivants, Lumi avait rencontré des clients encore plus éblouissants, comme le médecin de l'Opéra de Montréal. Celui-ci était payé pour assister aux représentations et assurer une présence médicale sur les lieux. Il prenait le pouls des jeunes cantatrices. Il réanimait à chaque acte au moins deux vieilles dames empesées par leurs bijoux, leurs bagues en forme d'anguille turquoise à chaque doigt, et victimes d'un coup de chaleur. Lumi aimait particulièrement l'opéra et buvait littéralement les histoires que le médecin lui rapportait. En 1992, il avait vu *L'Anneau du Nibelung* de Wagner six soirs de suite car aucun de ses collègues n'avait supporté entendre une fois de plus la « Chevauchée des Walkyries ».

Un soir, Marie-Perle, qui était devenue son amie, lui a demandé de tenir compagnie à Rosaire, le jeune avocat qu'elle fréquentait, et de répondre au téléphone tandis qu'elle allait chercher des sushis. Rosaire, à cette époque, aimait fréquenter ces tartelettes pas compliquées comme Marie-Perle. Il séduisait facilement des femmes qui vivaient avant tout pour être belles et recherchaient un homme comme lui. Voilà un luxe que je n'ai jamais eu.

Rosaire, assis sur le divan à côté de Lumi, a tout de suite parlé d'Iqaluit. Il y avait séjourné pour le travail. Contre toute attente, Lumi eut le coup de foudre pour Rosaire. Il lui demanda de fermer les yeux et inscrivit son numéro de téléphone sur la page de garde d'un des livres de la bibliothèque qui longeait le mur du couloir. Il dit à Lumi qu'elle devait trouver le bon livre dans la centaine de titres rangés sur les rayons. Lumi était éblouie. Marie-Perle, à son retour, sentit qu'il venait de se produire quelque chose entre eux, mais ne fit aucune remarque.

Lumi passa deux jours à retrouver le livre dans la bibliothèque. Elle devait être discrète et n'effectuait sa recherche que lorsque personne ne se trouvait dans la pièce. Rosaire avait choisi *Histoires* d'Hérodote. Elle lui téléphona sur-le-champ. Il lui avoua qu'il attendait son appel depuis l'instant où il avait écrit son numéro. Depuis leur rencontre, il ne pensait qu'à elle.

Rosaire a commencé à voir Lumi tous les mercredis. Ces jours-là, elle appliquait de petites paillettes dorées sur ses paupières. Marie-Perle avait congé le mercredi et déjeunait invariablement avec sa mère à midi, chez *Pinocchio,* un restaurant italien.

En quelques semaines, Lumi avait déjà plus appris

au bordel que dans toutes ses lectures de Nietzsche. Elle avait l'impression d'être libre. Pour une fille qui avait bu toute sa vie à la même source qu'une meute de caribous, les nouvelles expériences qu'elle faisait étaient formatrices. Elle comprenait maintenant comment l'attirance physique est basée sur la distance entre les corps. Elle voyait pourquoi nous souhaitons tous de la nouveauté dans nos longues relations monogames. Lumi disait souvent que l'on est appâté par ce que l'on ne connaît pas, par ce qui nous est étranger, par ce que l'on ne comprend pas. Elle savait maintenant pourquoi les bordels clandestins faisaient fortune.

En attendant que le téléphone sonne, Lumi, assise avec les autres filles dans le salon, parlait art préhistorique du détroit de Béring et naissance de l'art contemporain inuit dans les années 1950, qui devait répondre, selon elle, au désir des Blancs de posséder des sculptures de pierre à savon. Les filles de cette lanterne rouge, tout comme elle, étaient éduquées, ce qui plaisait aux clients. Son professeur d'anthropologie lui avait expliqué la signification de l'expression vieillie « l'épice des juges » : c'était une autre façon de dire « pot-de-vin ». Les filles étaient dans les bonnes grâces des juges et des avocats qui exerçaient au palais de justice, et elles n'avaient pas à s'inquiéter de la police. Au contraire, tous ces messieurs leur apportaient des cadeaux élégants. Elles étouffaient dans l'odeur des lis et la couleur perçante des oiseaux de paradis. Marie-Perle, qui cachait une cuillère et un petit sac de cocaïne sous l'évier de la salle de bains, avait reçu d'un juge, qui avait été son client régulier pendant deux ans, une breloque en or rose en forme de cygne, que tout le monde lui enviait.

Chaque soir, Lumi se demandait comment des hommes normaux, charmants et amoureux faisaient pour rentrer à la maison et embrasser leurs enfants endormis, après avoir donné tant d'affection à une étrangère qu'ils payaient. C'était comme si elle voyait enfin l'envers du décor : son expérience lui procurait une dose de lucidité supplémentaire sur la vie à deux, mais sa confiance dans les hommes en resterait à jamais ébranlée. Elle possédait la réponse à la question que toutes les femmes devraient se poser. Mais ce n'était pas la réponse que la plupart des femmes souhaitaient entendre. Au fond d'elles-mêmes, elles savaient qu'elles étaient trompées, mais choisissaient de ne rien faire. Pour conserver la maison et l'argenterie. Il aurait peut-être été préférable que Lumi ne soit jamais exposée au revers de la médaille. Elle aurait pu continuer, comme tout le monde, à avancer les yeux fermés vers la lumière au bout du tunnel, à l'abri des réalités.

Parfois, Lumi imaginait les autres filles vieilles, racontant pour la énième fois leurs histoires de croqueuses de diamants, et elle doutait que ce soit assez pour vivre. Pour elle, en même temps, la vie ordinaire ne suffisait pas. Elle hésita longtemps avant d'avoir une relation amoureuse avec Rosaire. Son ombre à paupières à paillettes laissait des traces sur lui, et Marie-Perle commençait à se poser des questions.

Un jour, elle décela une paillette dorée, presque invisible, que Rosaire avait sur le front. C'était un mercredi soir, à l'heure du dîner. Au début, Marie-Perle n'en avait pas fait grand cas. Elle se disait qu'il devait y avoir une explication. Rosaire devait s'être arrêté au mini-entrepôt de son cabinet pour y chercher du papier, et il avait sans doute attrapé cette paillette scintillante tombée de la boîte renfermant les décorations de Noël du bureau. Elle s'était répété la même chose les trois fois suivantes pour s'en convaincre. Elle remarqua bien d'autres signes étranges, mais ne dit rien, préférant le déni, une sensation plus confortable que le soupçon. Quelque chose l'intriguait cependant : le siège avant du côté passager semblait toujours réajusté pour un passager plus petit qu'elle quand elle montait dans la voiture de Rosaire. Marie-Perle était une liane de 1,80 m et devait reculer au maximum le siège quand elle s'asseyait à côté de Rosaire.

Le jour où elle observa une paillette dans son cou, Marie-Perle laissa tomber son scénario naïf. Elle commenca à soupçonner la secrétaire du cabinet d'avocats. Elle se mit donc à déjeuner très souvent avec Rosaire le midi, sauf les mercredis qu'elle continuait à passer avec sa mère. Mais, vérification faite, aucune des femmes travaillant avec lui n'était maquillée de la sorte.

Voici comment le mystérieux transfert de la poudre d'or s'opérait réellement. Chaque mercredi matin, on voyait le nom du bureau de Rosaire sur l'afficheur de la maison close. Rosaire prenait rendez-vous avec Lumi pour onze heures. La réceptionniste remplaçante restait discrète et n'inscrivait pas leurs rendez-vous au registre. Lumi appliquait son ombre à paupières irisée « Éclat champagne » et un gloss rose. Quand elle savait que Rosaire allait venir, elle avait l'impression de redevenir adolescente, comme si elle attendait son premier petit copain dans sa robe bouffante, son bracelet en bois de cervidé au poignet, lequel allait l'accompagner à leur bal de fin d'année. Quand il arrivait, elle feignait de l'ignorer, d'être occupée. Une des filles amenait Rosaire dans la chambre-donjon et lui proposait de s'installer. Les filles appelaient la chambre du fond « le donjon », car le mur derrière le lit était en pierre et elles n'arrivaient jamais à s'y réchauffer.

Quand elle faisait irruption dans la chambre, Rosaire était nu, couché sur le ventre. C'était comme si une mutation s'opérait et qu'ils devenaient insécables durant une heure. Même s'il la payait, c'était Lumi qui l'attirait à elle. Il y avait dans ses yeux de l'admiration et du désir entremêlés. Lumi avait l'impression qu'elle le forçait. Après, elle s'asseyait sur lui et il pleurait un peu. Elle lui parlait alors des ciels d'hiver dans l'Arctique, qui ressemblaient à de la nacre dans le creux d'un coquillage.

Lorsque j'avais rencontré Lumi cette première fois qui allait rester notre secret, elle m'avait expliqué qu'il s'agissait d'une Fata Morgana. Ces mirages polaires des matins froids sont causés par la réfraction des rayons du soleil qui forment dans l'air glacial l'image de chaînes de montagnes inexistantes :

elles ont même parfois été cartographiées par les marins. Elle m'avait dit que les Fata Morgana prouvaient que rien n'est vraiment réel et que le rationnel est une construction de l'esprit européen.

La nouvelle éducation pratique de Lumi lui avait appris qu'il y a une très grande différence dans la perception de la réalité chez les deux sexes. Lumi savait que les hommes voulaient s'attarder au lit pendant des heures, et que les femmes, elles, voulaient jouir le plus vite possible, sur le coin de la table, comme pour s'en débarrasser. Lumi se souviendrait toute sa vie de l'odeur de la bougie noire qui brûlait dans « le donjon » quand elle était avec Rosaire. Elle disait souvent que s'ils avaient été mariés, elle se serait mise à le détester et à l'avilir au bout de quelques années, car elle aurait pris les commandes dans tous les domaines. Au bout du compte, si elle s'était mariée avec Rosaire, elle n'aurait pas eu d'autre choix que de refouler ses instincts. Mais là, dans cet endroit, leur rêve romantique était préservé, comme s'il s'agissait d'une grisante première fois qui revenait sans cesse.

Un midi, Rosaire avait offert à Lumi un petit hibiscus à fleurs orange. Après son rendez-vous avec elle, Marie-Perle l'attendait au coin de la rue sous un lampadaire. Ce jour-là, le maquillage de Lumi ne s'était pas déposé sur sa peau, mais Rosaire avait dû promettre de ne plus jamais la revoir. Marie-Perle ne lui avoua jamais qu'elle avait tout découvert à cause d'une paillette d'or microscopique. C'était sa façon à elle, secrète, de savoir s'il tenait parole.

Quelques mois après la découverte du pot aux

roses par Marie-Perle, Rosaire déménagea à Iqaluit, pour travailler auprès du gouvernement du Canada sur la juridiction maritime de la dorsale de Lomonosov.

Lumi choisit prudemment de retourner dans le Nord avec Rosaire. Elle plia bagage et quitta le Sud avec difficulté. « Les arbres me manquent », observa-t-elle dès la première semaine. Pour ne pas s'ennuyer elle insista pour travailler au *Cercle polaire*, ce qui causa des querelles importantes entre elle et Rosaire.

C'est finalement le désir de retrouver Rosaire qui mena Marie-Perle jusqu'à Iqaluit. Les relations entre les trois restèrent ambiguës, faites de sourires de convenance, de haines non avouées et de regards froids. Les deux meilleures amies étaient devenues rivales, mais je n'arrivais pas à croire que Lumi avait pu tuer mon frère. Cela me semblait même impossible.

23

Le jardin des miracles

Tommy s'était endormi devant son jeu vidéo et deux adolescentes étaient passées derrière lui en rigolant, lui retirant sa casquette John Deere. Dans l'Arctique, il n'y a que 30 % de femmes. Des relations intimes se créent, certaines se transforment en mariages, mais la plupart se terminent dans l'avion, au retour. Ce que Rosaire ressentait pour Lumi était très différent et il n'espérait qu'une seule chose : la réciprocité de ses sentiments. Mais rien n'était moins certain après le retour de la beauté inuit à Iqaluit et son embauche au *Cercle polaire.* Il semblait qu'elle en voulait à mon frère de l'avoir obligée à quitter le Sud. Ses jeux avec les militaires ressemblaient à un acte de vengeance. Après quelques mois, elle espérait peut-être que Rosaire la demande en mariage. Avait-elle peur qu'il ne reste un libertin ?

Certains Inuits, surtout ceux d'Iqaluit, commandent très souvent, dans le grand catalogue que constitue Internet, des mariées philippines qui convoitent la citoyenneté canadienne. Cinq années dans un pays sans arbres, au cœur d'une nuit éternelle de six mois, avec un mari peut-être alcoolique qui mange du muktuk ou du phoque, cela semble une transaction équitable pour elles. Elles croient ainsi gagner une certaine forme de liberté toute nord-américaine. Les amours polaires sont souvent faites de désirs immenses et de désillusions.

De mon côté, je n'étais pas le seul à convoiter Marcelline. Dans ce paysage aride et solitaire, les géologues semblaient tous avoir le coup de foudre pour elle, tentant de l'enjôler avec leurs connaissances du paléoclimat des forêts fossiles de l'Extrême-Arctique et des tribus précéramiques. Je soupçonnais même Brice de Saxe Majolique de vouloir la charmer, notamment avec son savoir mycologique. Un jour que je passais devant la serre des miracles, j'avais vu Tommy ronfler dans le gros divan en velours à motifs de roses jaunes dans un coin de la serre. Brice de Saxe Majolique était assis à la petite table en fer forgé blanc et feuilletait un catalogue dans lequel il répertoriait les espèces de champignons sauvages de la région arctique.

— Avec ce catalogue, j'essaye avant tout de sauver des vies, car deux décès par année en moyenne sont attribués à la consommation de champignons, l'ai-je entendu dire avec sa mauvaise foi habituelle.

Marcelline vaporisait le feuillage de ses plantes faméliques et ne semblait pas du tout convaincue.

Même s'il avait déjà sauvé la vie de Rosaire, j'avais souvent envie d'empoisonner mon patron.

Je dois avouer que la jalousie m'aveuglait parfois. L'hiver précédent, un soir où le thermomètre indiquait moins soixante degrés Celsius, j'avais vu de très loin un homme et une femme sur le rivage derrière le Rocher aux violettes, contemplant la mer. J'avais cru reconnaître les silhouettes de Tommy et de Marcelline. Le pilote avait allongé Marcelline sur le rocher plat pour l'embrasser et avait pris soin d'allumer la mèche d'un petit feu d'artifice planté dans la neige. À mon avis, toute cette entreprise était très dangereuse, car, à cette température, la peau exposée à l'air gèle en moins de trois minutes. L'engin pyrotechnique avait explosé en forme de cœur fuchsia et légèrement pris feu, dans une étendue de lichen. Dans l'odeur sucrée de résine, j'avais vu Tommy embrasser Marcelline. Leurs expirations sifflaient entre leurs lèvres et créaient des rubans de vapeur qui s'élevaient vers le ciel. C'était la première fois que je voyais un homme et une femme s'embrasser à moins soixante degrés Celsius. L'effet était plus spectaculaire qu'une aurore boréale. Je suis certain qu'ils risquaient l'hypothermie.

Sur le coup j'étais furieux. De retour dans ma cuisine, j'avais versé un peu de porto de cuisson dans une tasse à café et j'avais frappé le comptoir de granit si fort avec ma main que la bague que j'avais fait faire par Kujjuk pour Marcelline et que je portais à l'auriculaire avait volé en éclats. Le choc avait formé une petite ampoule de sang rouge à mon doigt.

24

La dorsale de Lomonosov

Levé au chant du coq, j'étais dans la cafétéria avec Brice de Saxe Majolique. Levant le nez de son journal alors que j'enfournais trois plaques industrielles de chaussons aux pommes, il avait crié à mon intention :

— Tu sais quoi, Ambroise ? J'ai les mêmes mensurations que Lance Armstrong, 1,77 m et 75 kilos !

J'ai soupiré et je n'ai rien répondu. Je regardais d'un œil distrait Mitsy Cooper sur l'écran de télévision suspendu au mur. Pour une fois, elle s'intéressait à des enjeux plus importants que la mauvaise hygiène de vie de mon frère. Il était question de la souveraineté de l'Arctique et d'un *inukshuk* d'Igloolik, une sculpture inuit en pierre représentant un homme. Il avait été recouvert de graffitis en forme de caribous par des jeunes pendant la nuit. Une bande de foreurs s'étaient mis à rire comme des loups. Mitsy annonçait d'une voix de boîte de conserve :

Un groupe d'experts canadiens et danois ont affirmé la suprématie du Canada dans l'Arctique, une des dernières régions inexplorées sur terre. La dorsale de Lomonosov est l'orphelin que l'on s'arrache. Les Canadiens ont été capables de prouver que cette chaîne de montagnes sous-marines est rattachée au continent nord-américain. La Russie, pour sa part, qui a planté son drapeau dans le fond marin, considère à tort que la dorsale fait partie du continent eurasien.

Pour la météo, voici les prévisions pour demain : Pond Inlet : 0; Iqaluit : 6; Yellowknife : 10.

Et, pour finir, une information plus surprenante : la première pietà d'Amérique du Nord a été retrouvée hier à Iqaluit. Elle portait cet étrange message sous son piédestal : « Les Chinois ont découvert l'Amérique. »

C'était la même phrase que celle gribouillée sur l'avant-bras de mon frère. J'ai tout de suite su que je devais parler à Mitsy. Il fallait que je voie cette pietà. J'ai tenté de la joindre par téléphone, mais elle ne répondait pas à son cellulaire. J'ai réalisé soudain qu'elle était encore à l'antenne.

Mitsy habitait Iqaluit depuis une dizaine d'années, depuis la naissance du Nunavut plus précisément, au moment où le français, auparavant obligatoire selon la loi canadienne, avait cessé d'être enseigné comme langue seconde dans les écoles. Le premier reportage de Mitsy avait porté sur le refus de Postes Canada d'abréger Nunavut en NU, terme jugé trop impudique.

Je devais absolument la voir pour en savoir plus. Je ne reprenais du service que le samedi soir pour vérifier les derniers préparatifs du banquet du lendemain. J'ai embarqué in extremis et sans réfléchir davantage dans l'avion de Tommy, qui allait comme souvent chercher une cargaison d'outils à Iqaluit. Il a dû me demander mon poids, pour s'assurer que le bimoteur ne soit pas surchargé. J'y voyais toujours une allusion à ma corpulence. J'étais un peu exaspéré et j'ai demandé à Tommy :

— Et toi Tommy, tu pèses combien ?

— 96 kilos pour 1,90 m, avec mes bottes de travail.

Nous étions en surcharge de cent kilos. J'ai pris le siège du copilote et nous avons attendu plus d'une heure sur le tarmac à cause de la purée de pois. Une brume épaisse était descendue sur le camp. Parfois, ce brouillard restait assis sur nous pendant huit jours. J'étais étonné de voir que Tommy arborait dans le cou un suçon, qui avait la forme de l'île Melville. Comment avait-il pu ? J'avais quitté notre chambre à quatre heures du matin. Je n'avais vu aucune fille dans son lit. J'espérais que cette marque sur sa peau ne venait pas de Marcelline. Assis à mes côtés, il semblait nerveux. Tommy avait visiblement des choses à m'annoncer.

Voyant mon impatience, il a commencé par me raconter les détails du commerce de taxidermie dans lequel Rosaire avait été impliqué avec lui. En plus d'être notre pilote et de savoir fabriquer d'excellents leurres pour la pêche, Tommy savait comment obtenir les papiers officiels pour envoyer un ours polaire outre-Atlantique, chez des esthètes parisiens par exemple. Ce qui n'était pas une mince affaire.

— Ton frère aimait beaucoup les ours, tu le sais.

Je lui avais demandé de me trouver des ours empaillés pour le business européen de Brice.

— Les passions de chasseurs sont difficiles à comprendre et à contrôler.

— Il nous aidait à orchestrer le transport du butin dans les cales réfrigérées des cargos minéraliers qui quittaient l'Arctique pour se rendre à Rotterdam. Ce trafic se faisait à l'insu de presque tout l'équipage. Nous entreposions les boîtes de denrées périssables dans une pièce réfrigérée de la cuisine, le temps du séjour en mer.

— Ça me semble extrêmement risqué. Ça m'étonne de mon frère.

— Mais tout cela devait nous enrichir considérablement. *Le Veau blond*, l'ancien magasin de Brice, payait jusqu'à trente mille euros pour un ours polaire adulte, si la fourrure était bien conditionnée. Certains aimaient en faire des tapis, en conservant la tête de l'animal bouche fermée, d'autres, les Russes par exemple, préféraient que la bête ait la gueule grande ouverte, les crocs menaçants.

— L'argent n'a jamais été une priorité pour mon frère, ai-je ajouté, incrédule.

— Les Russes, surtout les hommes politiques haut gradés et les magnats du pétrole, sont très friands de taxidermie extrême. Je les soupçonne même d'avoir orchestré le vol du trône en défenses de narval au Louvre pour enrichir une collection privée. Les défenses de narval sont très rares et donc très recherchées, tu le sais bien. L'ivoire de narval a même été utilisé pour fabriquer jadis le sceptre des Habsbourg.

— Tu en connais un rayon sur la taxidermie ! Pour ce qui est du vol du Louvre, j'ai entendu parler de ce trône aux nouvelles.

Tommy n'a rien dit. Il semblait ne plus m'écouter, concentré sur les manœuvres de décollage de l'avion.

Je croyais que Rosaire ne s'était intéressé à la taxidermie qu'en dilettante, mais ce que Tommy racontait n'avait plus rien à voir avec un passe-temps. Alors que nous survolions des caps enneigés, Tommy a défendu la chasse traditionnelle et s'en est pris aux soi-disant environnementalistes.

— La chasse pour nous est une tradition millénaire et le tourisme « vert » est une calamité. Je déteste tous ces jeunes végétariens à lunettes qui isolent leur logement avec des jeans usagés, car la laine minérale est un poison, et qui rêvent de se construire une cabane à la campagne en matériaux recyclés.

— Tu exagères légèrement, Tommy.

— Non, pas du tout ! Les militants verts provenant du monde entier et qui envahissent Churchill pour prendre des photos des ours polaires leur font plus de mal que les chasseurs. La seule raison pour laquelle les ours descendent à Churchill, c'est que la ville est tellement remplie de touristes qu'ils savent qu'ils y trouveront à manger.

— Je crois qu'il y a toujours eu des ours à Churchill au printemps.

— Non, Ambroise, jamais autant. Avant, les habitants avaient peur de ces bêtes sauvages et les pourchassaient avec leurs camionnettes. Aujourd'hui, les ours font rouler l'économie locale. On encourage l'invasion de touristes, de photographes amateurs et des équipes de tournage qui appâtent les ours avec des pots de harengs marinés, des boîtes de sardines, ou des barils remplis de beignets à la confiture.

— Ouais, Churchill ressemble à un dangereux zoo sauvage.

— Ces amis de Greenpeace ne comprennent pas que, par leurs activités « inoffensives », ils contribuent davantage au mal-être des animaux que la chasse inuit, car les habitudes des ours s'en trouvent modifiées. Au final, ils les mettent en danger, et c'est irréparable. On oblitère leurs instincts. Au dépotoir municipal, un ours est mort après avoir tenté d'avaler une batterie de voiture. Un autre a dévoré une joggeuse.

— C'est vrai, j'ai entendu qu'au printemps on fermait parfois les écoles à cause de la présence d'ours rôdeurs.

J'ai dit cela pour le calmer, sachant très bien que les relations entre les Inuits et les groupes environnementaux n'étaient pas très bonnes.

La taxidermie n'était pas un art très courant à Paris, mais le curieux établissement de la rue de la Monnaie, racheté par Brice de Saxe Majolique, fondé par Jean-Baptiste Deyrolle en 1831, en était la Mecque. Cet homme était un entomologiste reconnu, dont le fils Achille est devenu célèbre pour avoir empaillé un pachyderme de Ceylan. *Le Veau blond* était un cabinet de curiosités. On y trouvait aussi bien des cartes lunaires que des zèbres empaillés. On se servait de pieds d'éléphants pour faire des tables basses ou des poufs. D'après ce que Tommy me racontait, Rosaire avait aidé Brice de Saxe Majolique à constituer son stock de défenses de narval et de futurs tapis d'ours polaires. J'avais l'impression soudainement que se soulevait devant moi une de ces fameuses chaînes de montagnes inexistantes. Cette histoire me paraissait un aussi gros mirage qu'une Fata Morgana. Tommy connaissait-il mon frère plus que moi ?

25

Le Veau blond

Brice de Saxe Majolique avait compris très tôt dans la vie que, même si l'on est bien né, on ne possède pas forcément en soi l'instinct de bonheur. Le bonheur est un choix, un état qui se construit avec le temps. Parfois, le hasard demande qu'on s'y consacre avec plus d'ardeur, parce qu'il faut lutter avec rigueur contre des instincts qui portent vers la destruction. Il est plus facile de devenir toxicomane que de courir un marathon. Il est plus facile de se laisser aller à tous ses vices que de manger du tofu quatre fois par semaine. Il est plus facile de se donner mille excuses que de courir avec des raquettes dans la neige. Il s'était donc décidé à travailler et s'était du même coup rendu insupportable aux yeux de tous.

Sa première tentative avait été de louer les chambres de son palais du septième arrondissement à des touristes de passage. L'immeuble Lavirotte était une curiosité de style Art nouveau, sis dans un quartier d'une retenue toute néoclassique. Il était décoré de vignes de pierre et d'artichauts en marbre, sa porte de fer forgé et ses fenêtres rappelaient une gigantesque tête de mouche au-dessus de laquelle trônaient

Adam et Ève après le péché. Des papillons en onyx noir aux ailes fines noircissaient la façade. À l'entrée, on était accueilli par le buste d'une femme portant un boa en renard. Une demeure couverte de fioritures pour tromper l'ennui aristocratique. Mais Brice de Saxe Majolique avait frayé avec la bonne italienne qu'il avait engagée. Elle vivait dans une chambre de neuf mètres carrés sous les toits, et les herbes qu'elle faisait pousser sur son petit balcon le fascinaient. Brice adorait s'y asseoir longuement. Il y buvait du dolcetto d'Alba, un vin rouge italien presque noir. Il ne voulait plus redescendre dans ses vastes appartements aux planchers en marbre concassé. Il préférait la simplicité de la chambre de sa bonne. Il aimait écouter en boucle un enregistrement râpeux de chants de gorge, qui lui inspirait l'idée que tout le monde doit apprendre à vivre simplement et à se départir chaque jour d'une vérité préconçue ou d'un objet. Il avait même commencé à apporter des tomates à la provençale au sans-abri qui campait le dimanche matin au coin de l'avenue Rapp, mais ce dernier lui avait fait remarquer qu'il préférait les tomates farcies. On est souvent déçu de la réaction des autres, même Brice de Saxe Majolique n'y échappait pas. L'or sert à parer les hommes puissants mais ne guérit jamais leur malaise existentiel : il l'accroît.

En louant son appartement, le prince taxidermiste voulait donner aux touristes ce dont ils rêvaient. Les faire goûter à sa vie. Mais il avait trouvé difficile le contact avec ces gens, parfois très vulgaires. Beaucoup étaient ignorants, posaient toujours les mêmes questions, le traitaient comme un concierge. Il devait porter leurs bagages. S'il avait le malheur de laisser un pot de confiture de cerises amères dans le frigo, ces hôtes grossiers en tartinaient sans gêne leur pain. Ils n'avaient pas en eux la noblesse des bien-nés, ils exhalaient plutôt la vulgarité des locataires. Toute cette activité l'accaparait et l'éloignait un peu de son désir profond mais encore inavoué de découvrir de nouveaux espaces.

C'était le portrait à l'huile sur bois de son ancêtre diplômé en philosophie qui l'avait motivé à se chercher un travail. Un matin de printemps, assis sous le regard de son ancêtre, il s'était rendu compte que Paris vivrait facilement sans lui et cela l'avait rendu morose. Il cherchait qui il était. Il avait pris des cours d'escrime, de navigation, de cuisine italienne, mais rien ne colmatait son malheur existentiel. Il semblait être né sans vocation et ce vide le poursuivrait toute sa vie. C'était le symptôme d'une mauvaise connaissance de lui-même. Il ne savait tout simplement pas ce qu'il voulait. Une de ses premières idées romantiques avait été de devenir vendeur de fleurs comestibles au marché de Rungis. Mais notre prince en crise se voyait mal évoluer dans un milieu trop populaire. Brice de Saxe Majolique avait finalement choisi le commerce et la taxidermie.

Dans un petit avion survolant la calotte glaciaire Tommy m'avait expliqué comment Brice de Saxe

Majolique et mon frère avaient été en affaires ensemble. Tommy m'assurait que Brice de Saxe Majolique avait refusé des demandes trop exotiques, comme une robe faite de becs de perdrix pour Jean-Paul Gaultier. Il fallait respecter la dignité de l'animal. Mais c'était quand même selon lui au *Veau blond*, à en croire les archives, que Salvador Dalí s'était procuré des défenses de rhinocéros. Un incendie désastreux avait ravagé l'établissement en 2007, et tout y était passé, sauf deux petites perruches vertes. Pour financer la reconstruction de l'établissement, Hermès avait produit un carré de soie, à tirage limité, brodé d'un ours polaire du Canada. C'est après l'incendie que les opérations illégales avaient augmenté, pour renflouer l'entreprise en faillite. On cherchait aussi, par ce trafic, à inculper des haut gradés russes, des membres du gouvernement dans le but d'entacher leur réputation et dévoiler leurs réelles intentions dans l'Arctique. Une affaire complexe et aux nombreuses ramifications. Tommy laissait sous-entendre que Brice de Saxe Majolique était un homme d'affaires sans états d'âme quand il était question du *Veau blond*. Il était prêt à tout pour défendre son entreprise.

Le ciel était devenu noir. Un orage menaçait près de nous. Je perdais mes repères dans la petite carlingue devenue toute sombre. Je réalisais que Brice avait peut-être tué mon frère. La foudre allait certainement frapper l'avion et nous précipiter dans le fond d'un lac.

26

Le pilote de glace

Dans l'archipel polaire canadien, il y a tellement de lacs que les habitants n'ont pas encore eu le temps de les nommer tous. C'est dans des conditions météo hostiles que nous étions en train de survoler une de ces étendues reculées, loin des bandes de terres habitées.

Un mauvais blizzard soufflait. La carlingue tremblait. Soudain, Tommy m'annonça que le temps était bien trop mauvais du côté d'Iqaluit. Il nous fallait faire un crochet vers le nord. Il proposait d'atterrir sur le lac Mingo, avant de redescendre vers Iqaluit. Il fallait attendre de meilleures conditions. Le pare-brise de l'avion s'était embué et Tommy dut le frotter avec sa manche pour mieux voir la surface gelée du lac. Ma nervosité augmenta, j'étais certain que nous allions y passer. L'avion semblait rebondir sur les nuages. Maintenant que je comprenais combien Rosaire avait été proche de Tommy, je regardais celui-ci d'un autre œil. Devais-je lui faire confiance ? Ma vie était entre ses mains. Les turbulences furent vives et une des pales de l'hélice droite se fissura à l'atterrissage. Je me demandais aussi si la glace mince en ce temps-ci de l'année n'allait pas céder sous le poids de l'avion. Tommy resta calme comme à son habitude. Avant notre départ de Kimmirut, je l'avais vu égaliser les pales de l'avion de brousse avec une scie pour assurer une meilleure propulsion au décollage. J'ai vaguement pensé à ma mère, puis je me suis ressaisi.

Tommy connaissait bien ce lac et tentait de me rassurer. C'était la meilleure chose à faire. Il avait rénové un camp de chasse en bordure du lac Mingo qu'il avait affectueusement nommé le « camp des Mocassins ». Il l'avait payé dix mille dollars dans le cadre d'un programme de peuplement de l'Arctique du gouvernement canadien et souhaitait s'y retirer un jour. C'est là que nous allions nous réfugier.

— Quand je suis entré ici la première fois, c'est l'odeur mêlée d'humidité et d'huile de lin qui m'a frappé en premier. La porte était restée fermée pendant des décennies. À l'intérieur de la cabane, tous les murs étaient recouverts d'une étrange mousse verte. J'ai passé trente jours à nettoyer le bois avec une brosse trouvée dans les hautes herbes près de la rive. Ensuite, j'ai frotté les murs avec du vinaigre et j'ai remplacé toutes les vitres cassées.

Tommy venait de mettre sur le feu une bouilloire avec de l'eau et des feuilles de ronce petit-mûrier. Bientôt, une vapeur parfumée qui rejeta dans l'air leur essence ferreuse s'éleva.

— Je vois que tu es habile de tes mains ! Tu as fait du beau boulot.

— Le plus difficile, ça a été la structure du toit. Il est fait de troncs d'arbres. J'ai eu du mal à les égaliser.

— On n'est pas si mal installés ici, ai-je répondu poliment.

— J'ai retapé les vieux meubles aussi. La table aux coins arrondis, je l'ai poncée à la main. J'ai peint la commode en blanc. C'est ici que j'ai eu l'impression de construire quelque chose pour la première fois, a déclaré Tommy, ému.

Des fenêtres, on pouvait voir le lac qui glissait dans ses plages cachées. Tout était d'un calme effrayant. Personne ne connaissait l'existence de ce camp, sauf sa grand-tante, une femme de quatre-vingt-huit ans, friande de soupe au castor, qui venait y chasser seule, l'été. Soudain, j'ai commencé à avoir peur. Pourquoi Tommy avait-il fait ce grand détour ? Pourquoi cet arrêt à son camp de chasse ? Pourquoi toutes ces confidences ? Tommy allait-il me tuer ?

— Tu sais, Ambroise, si j'avais fait des études, je serais peut-être devenu glaciologue, comme Marcelline. La glaciologie est une invention des Blancs…

— Tout à fait, ai-je acquiescé le plus calmement possible.

— Quand j'étais très jeune, au début du mois de juillet, j'ai trouvé dans un grand champ d'airelles sauvages, une petite famille de renards blancs que j'ai réussi à attraper et à mettre dans une grande cage. Six petits renards pendaient aux tétines de leur mère, alors que le père essayait de gober des fruits à travers les barreaux. La nuit, ils étaient très bruyants. De la cage provenaient des grognements ventraux, des cris d'entrailles. Cela glaçait le sang. Mon père s'est levé une nuit et les a tous tués d'un coup, avec son couteau. Il m'a dit que les renards, même si je les avais relâchés, n'auraient pas pu survivre. C'était un mois de juillet à deux pleines lunes. Mon père s'est confectionné des bottes avec la peau du mâle, et s'est servi de la fourrure des petits pour y ajouter des décorations. Après cela, je n'ai plus jamais vu la vie de la même manière.

Tommy semblait perdu dans ses souvenirs. Il m'avoua nerveusement qu'il avait du mal à imaginer son avenir. Il ne croyait pas avoir de mission particulière sur cette terre. Quand il était petit, il rêvait de faire comme les scientifiques qui arrivaient par avion : marcher dans des cavernes bleues, découper des carottes de glace et les glisser dans son sac à dos, prélever des échantillons de rivières formées par la fonte des icebergs et les envoyer à l'Institut de recherches polaires. Mais, après avoir décroché son permis de pilote, il avait dû dire adieu à son rêve d'enfant. Il se sentait utile en faisant la navette entre l'aéroport d'Iqaluit et le camp de Kimmirut. La communauté avait tellement besoin de lui.

27

Le détroit d'Anian

Retenu dans ce camp de chasse avec Tommy, je voyais ma vie défiler devant moi ainsi que celle de mes ancêtres. Les plus grandes erreurs de Jean Nicolet pouvaient être attribuées à ses peurs. Pour me calmer, je sortis le carnet de mon frère de mon sac. Je cherchais curieusement des réponses dans ses pages. J'en lus quelques feuillets avant de raconter son histoire à Tommy.

En 1618, Jean Nicolet entendit dire que l'on pouvait aller en Chine en passant par le cap de Bonne-Espérance. Mais les mers de l'Antarctique étaient violentes et remplies de sirènes trompeuses. Il croyait pouvoir trouver un passage secret vers l'ouest grâce à la carte chinoise de l'amiral Zheng He. Au bout de cette échancrure dessinée vers l'ouest et de ces mers intérieures s'ouvrait le mystérieux détroit d'Anian, la route promise vers la Chine et le Japon.

Pendant son long périple en mer qui le menait vers la Nouvelle-France, Jean Nicolet cacha la mappemonde chinoise enroulée sur elle-même dans une pietà de bois à la peinture écaillée, qu'il avait clouée sur la proue du navire pour le protéger. Nicolet voulut avant tout agir en bon serviteur du Roi. On l'avait choisi pour devenir traducteur et vivre avec les Indiens de l'île aux Allumettes pour apprendre leur langue. Il se voyait déjà comme un grand diplomate, nouant des relations entre les indigènes et la France.

Nicolet s'était donc embarqué avec dix hommes qu'il considérait comme bons. Des marins qui racontaient de belles histoires. Des gens à l'esprit généreux. Des hommes d'action, qui allaient l'aider à atteindre son but : trouver un passage vers la Chine. L'espoir est une chose rare. L'espoir, comme le savait Galilée, est une certitude mêlée à une perspective. Peu d'hommes possèdent en eux le sentiment fertile qui rend tout possible. Le cuisinier était un de ces hommes : il avait déjà voyagé sur une frégate jusqu'au Japon, et il en avait ramené un amour particulier pour le bœuf de ce pays, dont il parlait souvent. Selon lui, le bœuf de Kobe était tendre comme le beurre, il avait une texture persillée comme le marbre cipolin, car le gras était dispersé à l'intérieur des muscles et non autour. Ce cuisinier savait rendre la traversée agréable en livrant ses souvenirs. Un soir, il raconta qu'au Japon, alors qu'il avait mangé d'étranges champignons séchés, il se trouva incapable de respirer. Son larynx enflait. Face à cette réaction allergique, il avait bien cru y passer. Heureusement qu'une jeune Japonaise pétillante de beauté était venue le sauver en lui appliquant des compresses chaudes sur le front toute la nuit.

Un jour de mai, alors que le navire voguait avec l'Europe dans son dos, une tempête se leva. Le soleil jaune citron disparut sous un couvercle nuageux menaçant. Des vagues plus hautes que des cathédrales s'écrasèrent sur le pont du navire. La pietà se décrocha de son socle et roula sur le pont dans le roulis provoqué par les vagues. Nicolet était blême. Il ne savait pas s'il venait ou non de perdre sa mappemonde.

J'arrêtai là ma lecture. Ces pages avaient le pouvoir d'adoucir mes sentiments et de me procurer du réconfort.

28

Un Laguiole en bois de rose

J'étais coincé au camp des Mocassins avec Tommy, et il m'était impossible de rejoindre Mitsy, ce qui me rendait furieux. Je ne cessais de penser à mon frère, à celui ou à celle qui l'avait tué. Je désespérais. On pouvait dire que la folie me menaçait. Je pensais sans cesse aux derniers jours de Rosaire et les révélations que Tommy m'avaient faites sur mon frère me laissaient perplexe.

— Ton frère était quelqu'un de bizarre, non ? Il m'a raconté une histoire étrange, il y a un peu plus de deux semaines, alors que nous chassions dans la péninsule Meta Incognita.

— Quelqu'un d'insaisissable, oui. Je découvre qu'en fait j'en savais bien peu sur lui.

— Alors écoute… Ça s'est passé à Montréal, durant les premières semaines où il fréquentait Lumi. Un jour, Rosaire était rentré chez lui passé vingt heures, avec un petit colis sous le bras qu'il était allé chercher à la poste. Il semblait heureux. Lumi se reposait, allongée sur le divan. Assis à la table de la cuisine, Rosaire a déballé son colis. Il avait fait venir de France un couteau de poche Laguiole en bois de rose. Un bel objet, vraiment. Il me l'a montré en me racontant cette histoire. Il a déplié la lame du couteau et esquissé un mouvement comme pour poignarder quelqu'un. Puis, sans savoir comment ni pourquoi, il s'est planté le couteau dans la cuisse. La lame s'est enfoncée dans sa chair sur une profondeur de dix centimètres. Ensuite, il a retiré le couteau, effrayé et incrédule. Le sang coulait le long de sa jambe et mouillait sa chaussette. Il était un peu ivre. Incapable de réagir, il a crié avant de s'évanouir : « Lumi, je ne sais pas ce qui m'arrive. » Quand il est revenu à lui, Lumi le toisait de haut, les bras croisés. Elle semblait agacée.

— C'est incroyable. Il ne m'a jamais raconté cette histoire.

— Lumi n'a pas bougé. Rosaire a appelé lui-même un taxi pour se rendre à l'hôpital du Sacré-Cœur. On lui a fait trente-deux points de suture sur la cuisse, ce qui lui a laissé une belle cicatrice.

Je me sentais trahi par le silence de mon frère. Rosaire m'avait exclu d'une grande partie de sa vie. S'il m'avait raconté cette histoire, je lui aurais sans doute avoué que je lui en voulais encore pour le plomb dans ma fesse. Cela nous aurait peut-être rapprochés.

29

L'institut polaire de Calgary

Après ces heures d'intimité avec Tommy, je commençais à me dire qu'il m'était peut-être encore possible de séduire Marcelline. Ce gars n'avait rien d'exceptionnel. Le problème venait plutôt de Marcelline : elle semblait ne pas s'intéresser aux hommes. Elle disait souvent qu'ils demandaient tout et offraient très peu en échange. Elle ne croyait pas au prince charmant et proclamait avec malice que c'était s'abaisser pour une femme que de vouloir être l'égale d'un homme.

Lors de nos longues conversations de fin de soirée dans la cafétéria, Marcelline s'était parfois confiée à moi. Elle avait passé son enfance à lire des livres dans lesquels des enfants étaient persécutés par des adultes, avant d'être abandonnés sur des îles désertes mais de s'en sortir grâce à leur sens de l'orientation et munis d'un couteau suisse. Elle n'avait besoin de personne. Marcelline était aussi une autodidacte. Elle avait appris à skier toute seule, avec un livre. Elle était devenue une militante environnementaliste respectée et son travail de glaciologue était le résultat d'études scientifiques brillantes. Seul un œil aiguisé pouvait voir à travers sa calligraphie incertaine la petite fille fragile des mauvais quartiers.

Elle avait eu un petit ami, Chad, un militaire qui fréquentait surtout ses copains de l'armée. Elle n'avait pas pu s'y faire, à ceux-là, comme elle n'avait plus supporté leurs engueulades. Avec Chad et sa coterie de militaires attardés, elle avait même eu peur de rentrer chez elle le soir. Elle était certaine qu'ils allaient se disputer à propos de la vaisselle, à propos du Nunavut où elle rêvait d'aller travailler, à propos de la cuisson du steak. Elle avait tout essayé : décoction d'aiguilles de conifères, prières, sorts. Elle avait même bu une gorgée de son sang. Elle n'avait plus eu qu'à partir pour le Grand Nord. Là, elle savait qu'elle aurait la paix. Elle disait souvent que c'était ça ou traîner un flacon de vodka dans la poche de sa jupe, comme sa mère.

Chad était affublé d'une fierté et d'un égoïsme précoperniciens : il croyait que le Soleil tournait autour de lui. C'était un héliocentrique. Pour aller à l'épicerie, rendre visite à sa mère le dimanche ou déjeuner au restaurant du coin, il arborait une tenue militaire. Afin d'éviter ses humeurs noires d'enfant gâté, Marcelline avait vu l'Arctique comme la seule solution. Là, elle ne laisserait plus personne lui faire du mal.

Quand Marcelline partit pour Kimmirut, elle emporta deux choses avec elle : un petit pistolet pour femme et un nautile fossilisé. Seule, elle se sentait magnifique. Elle disait que ce n'était qu'en présence des autres qu'elle se trouvait imparfaite.

Le dernier soir passé avec Chad, elle lui prépara une raie au beurre noir, son plat favori. Il la dégusta avec une joie insouciante. La raie est un poisson cartilagineux au corps aplati et aux nageoires pectorales triangulaires soudées à la tête. Marcelline eut l'impression de briller dans le noir quand elle se faufila dans le couloir vers minuit avec ses valises. Elle allait devenir enfin visible aux autres grâce à son statut de doctorante à l'Institut polaire de Calgary. Mais elle se rendit compte qu'elle ne voulait pas devenir docteure. Parler à cinq personnes dans une pièce fermée avec des graphiques sur acétates et un rétroprojecteur ne l'intéressait pas. Le camp de Kimmirut lui convenait parfaitement. Le travail de terrain était comme une cure qui la guérissait de ses années d'université. Elle analysait et classait des données au sujet de la glace, en détectait les variations et les couleurs. Elle mesurait la vitesse des icebergs qui dérivaient dans la mer, analysait les embâcles et le mouvement des marées. Un matin, la baie était vide de glaces. Le lendemain, la brume se levait sur une mer lourde d'icebergs qui empesaient le paysage. Le surlendemain, une parhélie à trois soleils brillait dans le ciel.

Dans la mine, Marcelline apprit à aimer le vacarme des drilles et le jargon des ouvriers de la mine qu'elle entendait dans la cafétéria, même si elle préférait la compagnie des pierres et des minerais à celle des hommes. La nuit éternelle que procurait l'Arctique en hiver invitait à la méditation. Au pôle Nord, rien n'était blanc, tout était noir : les falaises de lave et les cheveux des enfants. Et l'été, alors que le soleil se couchait pour une heure seulement, tout était brun et aride comme dans un désert. La dernière chose qu'il lui fallait, c'était l'amour volage d'un pilote de glace.

30

La résurrection de la fille de Jaïre

L'amour que je cultivais pour Marcelline me permit d'endurer la monotonie et l'attente au camp des Mocassins. Elle était la plus insaisissable des femmes, mais j'allais sortir de là et tout faire pour être avec elle. Marcelline était ma raison de vivre. Pour toutes sortes de motifs, je l'aimais. Je l'aimais pour sa façon de préparer des glaces exquises le vendredi soir. Perdue dans l'Arctique, elle réussissait à créer des parfums étonnants. Son secret : un petit sac de jute qui contenait des fioles d'huiles essentielles. Parfois, la nuit, je me levais, je mettais mes bottes, mon manteau, mon passe-montagne, et je bravais le froid pour retourner en cuisine. Là, j'ouvrais les petits seaux en plastique que Marcelline conservait au congélateur et dégustais ses sorbets. Marcelline en fabriquait assez pour ouvrir une *gelateria.* J'ai ainsi goûté à tous les parfums : fleur de lait, pistache sicilienne, sel de mer, romarin, lavande, melon-absinthe, coriandre-lime, pastèque jaune, pamplemousse rose et basilic. Ma favorite : la glace aux œillets. Si Marcelline en avait préparé, j'aurais goûté la glace à la térébenthine. Sa cuisine ne s'expliquait pas, elle s'aspirait, elle se suçait. Elle imposait une touche exotique dans notre Nord inébranlable.

Après des heures qui m'ont paru des jours, nous avons enfin pu décoller du camp des Mocassins en fin de soirée. Nous sommes retournés à Kimmirut, car la tempête faisait rage sur Iqaluit. J'avais abandonné l'idée de parler à Mitsy. Cependant, mes longs entretiens avec Tommy m'avaient donné le courage d'aller embrasser Marcelline sur la bouche le soir même. Tommy était peut-être né dans un igloo mais j'étais maintenant persuadé que j'étais mieux adapté à elle.

À notre arrivée, Marcelline venait de relever ses cheveux en queue-de-cheval, attachée à l'aide d'une tresse façonnée en anneau. Elle portait un tablier trop grand, un jean et un T-shirt avec une inscription en inuktitut dans le dos : « la route vers nulle part ». Je lui avais proposé la veille de m'aider à terminer le gâteau de fiançailles pour le couple Brice et Marie-Perle. En mon absence, elle avait pris les choses en main. Le gâteau pêche melba, à la demande de Marie-Perle, avait six étages et était orné de fleurs de muguet en pâte d'amande maison. C'était comme si Marcelline préparait son propre gâteau de noces. Je suis allé dans mon bureau vitré pour vérifier les commandes et la comptabilité. Je ne pouvais détacher mes yeux de Marcelline qui sentait probablement mon regard lourd sur sa nuque. J'ai poursuivi mon inventaire dans la chambre froide, comptant le nombre de cartons de figues fraîches pour la réception. Je me disais qu'une entrée de figues au prosciutto détonnerait vraiment. Marie-Perle avait découvert cette entrée lors d'une dégustation de tapas durant un voyage à Las Vegas avec Brice. Au moins, je pouvais satisfaire quelqu'un qui ne se nourrissait pas uniquement de chaussons aux pommes et de rosbif. Cela allait coûter les yeux de la tête, mais c'était la fiancée du patron. J'étais payé pour faire plaisir, peu importait le prix. Certains employés préféraient rester au camp pendant leurs vacances, tellement ils y étaient bien nourris.

Je comptais les cartons de lait restants, crayon au bec, quand Marcelline est entrée dans la pièce réfrigérée pour chercher une barquette de mûres noires. Sur la pointe des pieds, elle a essayé d'atteindre l'étage supérieur du chariot des fruits. C'est alors que j'ai aperçu le duvet blond qui recouvrait le bas de son dos, entre son jean et son chandail légèrement soulevé. Sans réfléchir, j'ai posé la main sur son dos, là où deux petites fossettes se creusaient. Elle s'est retournée vers moi, un peu ébranlée. J'ai fait voyager ma main sous son chandail pour la poser sur son sein. J'ai ensuite pris le visage de Marcelline entre mes mains et je l'ai regardée, stupéfait, puis j'ai posé mes lèvres sur les siennes. Son corps était chaud. Une buée opaque émanait de notre baiser. Nous avons fait l'amour contre les caisses de sucrines. Nos corps percutaient le bois fragile, sur lequel on pouvait lire : *Produit de Salinas Californie.* À chaque coup, elle émettait un soupir guttural. Ses jambes étaient accrochées à moi et je lui soulevais les fesses. Elle était légère, étroite. Elle semblait ronronner. Ses lèvres bleuissaient dans l'air glacial de la chambre froide. Nos salives allaient bientôt se congeler. Son corps et ses seins avaient le goût d'une religieuse au café, d'un macaron à la pistache, d'une glace à la vanille. Plus tard, j'ai glissé dans la poche de son tablier un papier de boucher sur lequel j'avais écrit cette phrase : « Marcelline, j'aimerais respirer ta peau de pistache toute la nuit. » Enfin, elle était à moi.

Quand nous sommes sortis de notre abri, frigorifiés, Marcelline avait les lèvres violettes. Elle est vite retournée dans sa tente. Je la sentais honteuse d'avoir succombé, craignant la nouvelle dynamique que ce geste allait instaurer. Dans sa tente, elle gardait la toile reproduite par un ancien du village, converti par un des mormons qui flânaient à Iqaluit. *La Résurrection de la fille de Jaïre*, illustrant un cas de résurrection des mortels. Marcelline voulait croire en Dieu et s'y efforçait en fréquentant la chapelle de la mine tous les matins. À la petite école, à chaque Pâques, la communauté religieuse mettait en scène une crucifixion ; chaque année, elle tombait amoureuse de celui qui tenait le rôle de Jésus. J'étais moi-même retourné par ce qui venait de se produire, comme si enfin la vie me donnait pour la première fois ma chance.

31

Le secret

Je suis allé rejoindre Marcelline dans sa tente pour lui demander si elle avait besoin d'être consolée. Je voulais être avec elle, c'était plus fort que moi. La lumière était si violente dehors que les paupières n'étaient pas une protection suffisante contre le soleil. Elle dormait, une écharpe nouée autour de la tête. J'ai soulevé le tissu pour la réveiller. Elle était de mauvaise humeur et s'était sentie un peu insultée par l'emploi du mot « consultée », mais elle s'est laissée aller à me raconter pourquoi elle paraissait parfois si froide. Je me suis installé sur le lit voisin, ravi et étonné d'être admis dans cette chambre divine. Elle promenait une bassinoire ajourée remplie de cendres au-dessus de son lit pour le réchauffer. J'étais dopé par sa présence.

Elle m'expliqua que, très jeune, elle avait vécu dans des conditions terribles. Sa mère, qui élevait seule ses enfants, n'autorisait la douche qu'une fois par mois. Marcelline devait se laver comme un petit chat. Le plus souvent, elle se baignait dans la rivière en cachette, au milieu des brochets, des fuites provenant de fosses septiques et des nénuphars. Elle était devenue, par la force des choses, une guerrière, recrue engagée dans une guerre imprécise. Marcelline avait subi des sévices innommables de la part d'un voisin, qui était aussi l'amant occasionnel de sa mère. La nuit, il utilisait une échelle pour monter sur le toit de la maison préfabriquée et entrait par la fenêtre de sa chambre, la seule qui était située à l'étage. Il lui faisait l'amour sur son lit recouvert d'une couette rose ornée de petits pompons. Il la prenait par-derrière, une main sur sa bouche, l'autre sur son ventre plat. Il bavait dans ses cheveux noirs. Mais il ne pouvait pas regarder son sexe aller et venir trop longtemps, car il avait du mal à prolonger le plaisir. Il ne s'intéressait pas à ses seins, qui n'étaient que deux petites tétines qu'il contemplait seulement lorsque sa mère la laissait se baigner à la plage en monokini. Il aimait se sentir coincé en elle. Avec les années, elle s'était habituée à son agresseur. C'était le seul homme qu'elle connaissait. Ces séances nocturnes étaient devenues leur secret. La première fois, elle avait treize ans. Elle croyait qu'un jour il l'emmènerait avec lui, très loin.

Une nuit, alertée par des bruits incongrus en provenance de l'étage, sa mère était entrée dans la chambre discrètement. À la lueur de la petite lampe rose, elle avait vu le voisin tout nu, allongé sur le flanc, le bras en triangle, la tête reposant dans une main et l'autre main caressant les fesses rondes à travers la nuisette Fraisinette de Marcelline, qui lisait un livre. La mère était allée chercher une poêle en fonte à la cuisine et l'avait assommé lorsqu'il tenta de refermer son jean. Marcelline avait crié. Sa mère venait de fracasser le crâne de l'homme sans le tuer. Elle écopa de dix-huit mois de prison pour tentative de meurtre non prémédité.

J'avais dans ma cuisine un livre intitulé *Le Sang, dix façons de le préparer*. En écoutant Marcelline se confier à moi, j'imaginais le repas complet que j'aurais pu concocter avec le sang du voisin. Un *sanguinaccio* napolitain ou crème brûlée au sang. Une *sangre frita*, plat très courant en Europe à l'époque médiévale. Un pain de sang estonien, des crêpes au sang florentines, du boudin aux pommes. Marcelline ne disait plus rien. Pour briser le silence, j'ai énuméré tous les plats que je réservais à son agresseur. Elle éclata d'un rire libérateur. Si j'avais eu cet homme devant moi je l'aurais empalé avec la bassinoire.

Le dimanche matin, je me suis réveillé seul dans la tente de Marcelline. Je me suis précipité sur mon téléphone et j'ai enfin réussi à rejoindre Mitsy, à la station de radio d'Iqaluit. Elle m'apprit qu'elle avait perdu le cellulaire sur lequel je tentais de la contacter depuis la veille. Je révélai que la phrase écrite sous le piédestal de la pietà retrouvée à Iqaluit était la même que celle qui avait été griffonnée sur l'avant-bras de mon frère avant sa mort. Elle n'était pas au courant de cette information et allait explorer ce filon. Je lui faisais davantage confiance qu'aux policiers qui, aux dernières nouvelles, s'intéressaient à une tête d'ours polaire empaillée du bar du *Cercle polaire.* Le service des incendies allait devoir s'en mêler : le célèbre animal naturalisé depuis soixante ans était modelé par une tonne de journaux. Depuis l'incendie de l'église d'Iqaluit, on craignait le feu plus que la mort.

32

Ho ! hisse !

L'expression favorite de Marie-Perle était : « C'est impossible. » Elle avait le profil parfait de la future femme au Foyer. À l'insu de Brice, elle portait des pantalons de maternité un jour sur deux. Elle affirmait aux filles de la cafétéria que l'élastique gardait son ventre au chaud. Finalement, elle allait se marier, et, chose faite, il ne lui resterait qu'un dernier élément à remplir sur sa liste : faire un enfant. Pour ses fiançailles Marie-Perle avait choisi une veste sans manches en castorette et un jean si moulant qu'on l'aurait cru appliqué avec un pinceau sur ses jambes. Pour bien vivre avec Brice de Saxe Majolique, il suffisait de lui faire croire que tout venait de lui. J'avais choisi comme musique d'ambiance pour ses fiançailles *La Fille du régiment* de Donizetti. Je lui en ai glissé deux mots quand il passa en cuisine le matin : « Bon choix pour la musique. » Il esquissa un geste de la main, comme s'il se tranchait la gorge.

Le pire était maintenant à venir pour lui. L'oisiveté ne porte aucun fruit, à part le tourment perpétuel. Marie-Perle allait vite commencer à se plaindre auprès de son mari qu'elle ne se sentait pas bien. Brice lui répondrait qu'il fallait qu'elle mange pour que tout rentre dans l'ordre. Elle s'inventerait des maladies imaginaires. Brice se mariait certainement car il avait besoin d'un peu de douceur mais il allait en souffrir. Les relations sexuelles avec Marie-Perle avaient déjà commencé à être mécaniques et anguleuses. Presque professionnelles. Marie-Perle était si froide, si maigre. Le temps du sexe façon président-stagiaire avait déjà pris fin. Il connaissait déjà trop Marie-Perle pour être capable de lui faire l'amour sans fermer les yeux.

Le premier jour de leur rencontre, il avait cru avoir affaire à une femme libre d'une grande force de caractère. Au cours de leur vie commune, elle lui montrerait ses faiblesses et elle ne pourrait plus jouer la comédie avec lui. Le sexe réclame une part d'imaginaire, des zones d'ombre, il est toujours à son paroxysme avec des inconnus, m'avait dit Rosaire. Venant de Brice, Marie-Perle n'accepterait que des génuflexions. Et des voyages écologiques dans des communautés reculées qui offrent la possibilité d'un shopping d'artisanat local.

J'étais allé chercher dans la serre des miracles de Marcelline ce qu'elle pouvait me fournir en herbes. Je la trouvais en train de faire de l'épandage d'un mélange de guano, de corne broyée et de sang séché, un engrais naturel recommandé pour fertiliser les terres les plus stériles.

— Ce n'est pas très végétarien, du sang de bœuf. As-tu bien dormi ? Tu t'es levée si tôt, dis-je à demi-mot.

— Tu es toujours en train de vérifier ce que je fais. Je n'ai d'autres choix pour l'engrais, rien d'autre ne marchera, répondit-elle brusquement.

— Tu pourrais demander une certification bio. Ici, ça tiendrait la route, alors qu'ailleurs c'est toujours douteux, ai-je ajouté pour désamorcer sa colère.

— Je ne comprends pas.

— Le problème c'est que ton voisin, lui, ne sera jamais bio. Sa pulvérisation d'insecticides au cuivre affectera certainement tes plants. Soit par l'atmosphère soit par les nappes phréatiques.

— C'est vrai, a répondu Marcelline visiblement intimidée.

— Où est Marie-Perle, je ne l'ai pas vue ce matin ? Marcelline, dessinant une forme d'oreiller avec l'ovale de ses mains, répondit : « Elle dort. »

— Marie-Perle est anorexique depuis l'adolescence, et sa condition ne s'est jamais résorbée. Elle est trop déprimée pour manger. Elle carbure à la cétose, un état commun aux femmes qui ont un trouble alimentaire : la sensation de faim est suivie d'une bouffée d'euphorie.

— J'avoue que je ne l'ai jamais vue manger autre chose qu'une foutue omelette au blanc d'œuf et aux champignons. Elle en commande tous les jours. Ce plat doit avoisiner cent soixante calories maximum.

— Elle m'a proposé de faire pousser au moins un plant de cannabis dans ma serre de fortune. Elle se piquait elle-même au Botox dans le miroir des toilettes du *Cercle polaire.*

— À vrai dire elle ressemble vaguement au lévrier de Brice, fis-je remarquer pour faire sourire Marcelline.

À travers la vie de Brice, Marie-Perle oubliait la sienne. Elle faisait payer très cher son amertume à son entourage. Ne se pensant pas maître de son destin, elle subissait l'existence passivement et, pour cela, en voulait constamment à autrui. Elle chérissait cette position de victime. Ma mère nous l'avait répété : « Ne fréquentez pas les gens qui n'aiment pas manger, ils n'aiment pas la vie. » Le soir de ses fiançailles, Marie-Perle doubla elle-même sa prescription d'antidépresseurs en passant une commande à une pharmacie chinoise sur le Web qui, sans couvert de fleurs, fournissait des médicaments. Sur les relevés brancaires, le nom de Siam Florist apparaissait. Toute sa vie elle avait souhaité se marier, mais au moment où elle croyait pouvoir trouver le bonheur parfait, elle irait en fait vers l'ennui le plus creux et le plus noir.

Sur les tables nous avions composé des petits bouquets de pavots et de roses arctiques. Impossible de faire plaisir à tous ces gens qui travaillent pour des ONG, les végétariens d'Environnement Canada, les lacto-végétariens de Greenpeace, les pesco-végétariens, et autres ovo-végétariens si je lui proposais des matelotes au dîner. Tous ces gens définis par ce qu'ils refusent de mettre dans leurs bouches m'énervaient.

J'étais loin de comprendre la dimension spirituelle du végétarisme. Ce banquet me demanda un très grand effort de concentration. J'aurais préféré hisser les voiles et partir ailleurs. Mais la réception fut très belle et réussie. J'étais simplement heureux que pour un soir il y ait eu une levée sur l'interdiction d'alcool.

Je me suis assis brièvement à la table des fiancés. Le père de Kujjuk, un homme riche et important dans la région, raconta le mythe de « celle qui ne voulait pas se marier ». Je compris que le fardeau le plus important pour les femmes inuit est d'assurer la réincarnation des défunts de leur famille. Une femme qui portait une parka traditionnelle rouge a raconté sa naissance, prétendant que sa mémoire généalogique remontait au XIVe siècle. Elle ajouta que pour réussir le processus de réincarnation il fallait sectionner le cordon ombilical avec une pierre mais jamais avec une lame de métal importé. Elle décrivit aussi les fêtes rituelles du *tivaajut* qui ont lieu au solstice d'hiver, où chacun doit imiter le cri de l'oiseau dont la dépouille a servi à l'éponger à la naissance.

Brice but trop et se mit à avouer qu'avec Marie-Perle il était sous haute surveillance. Pour éviter les cris, il devait se ranger. Lors de leur premier voyage en France, il ne lui avait pas dit qu'il transportait des steaks d'ours emballés sous vide dans ses bagages. C'était illégal et elle était capable de tout pour l'emmerder, même de le vendre aux douaniers. Il enchaîna en parlant de sa famille à elle… un véritable enfer. Il n'était que minuit mais il était déjà trop tard. Marie-Perle vomissait dans les toilettes et j'ai aidé Brice à rejoindre ses quartiers.

La véritable fantasia pouvait commencer pour eux. Marie-Perle resterait avec Brice pour ne jamais perdre le privilège d'être oisive. Elle allait commencer un véritable cycle d'accumulation : acheter des trucs au-dessus de ses moyens, dont elle n'avait pas besoin, simplement pour impressionner des gens qu'elle détestait. Cette femme du demi-monde tenait Brice dans ses filets, elle venait de l'attacher à sa vie et le tirait vers ses berges pour mieux le noyer.

Marie-Perle aimait dénigrer les autres. Surtout, elle se délectait de parler en mal de Lumi tout en lui faisant de grands sourires quand elle la voyait. N'ayant jamais oublié sa trahison, elle s'affairait vis-à-vis d'elle à une lente et tenace campagne de médisance. Le fil ténu de la confiance est vraiment mince. On se trompe toujours quand l'on met son destin dans les mains d'un autre car il y a toujours le danger d'un *modus operandi.* Trop peu de gens comprennent que lorsqu'ils font du mal à leur voisin, ça leur revient automatiquement sous d'autres formes : grippes virulentes, infections, varicelles qui laissent des marques, mariages empoisonnés. Ou tout simplement le goût du désespoir qui reste au fond de la gorge pour l'éternité. Un goût métallique dont même l'alcool ne peut vous débarrasser.

33

La fidélité de la bernache

Les Inuits croient en la réincarnation. Ils vous apprendront à ne jamais dire de mal de votre belle-mère car elle se vengera quand elle reviendra sur terre dans l'esprit de votre fils. Tommy commence souvent ses phrases par les mots : « Quand j'étais mon grand-père paternel… » Il est convaincu d'avoir été son aïeul puisqu'à sa naissance il louchait légèrement de l'œil gauche et que son grand-père avait perdu le même œil dans un accident de chasse.

Le lundi matin, avec le sentiment du devoir accompli, je suis allé rencontrer Brice pour confirmer que je prendrais des vacances à Montréal. Sur mon chemin, une énorme volée de bernaches a obscurci le ciel. Les bernaches du Canada sont des animaux très fidèles. Inséparables, elles vivent en couple toute leur vie. Ces oiseaux sont gigantesques et leur migration est spectaculaire, presque émouvante.

En m'approchant du bureau de Brice, j'ai été bloqué par un gros embouteillage de camions-bennes sur la route qui aboutit à la guérite. Au centre du chemin se trouvait une énorme femelle grise et noire qui veillait sur la dépouille écrasée de son époux. Elle était résolue à rester près de son défunt qu'elle poussait de son bec de temps à autre. Les ouvriers s'impatientaient. Le conducteur du premier camion immobilisé est descendu de son véhicule, a soulevé la dépouille de la grosse oie écrasée et l'a lancée en bordure du chemin. Paf ! La femelle continua de tenter de réanimer sa douce moitié par ses coups de bec. L'embouteillage était résorbé. L'épisode m'a fait sombrer dans la mélancolie.

Brice de Saxe Majolique, qui n'était pas encore revenu des émotions de la veille, semblait souffrir d'une grosse migraine. Il a signé mon formulaire de congés en gobant trois aspirines. Quand j'ai voulu sortir de son bureau, il m'a retenu par le poignet et m'a dit sur le ton de la confidence :

— Ton frère était sur un dossier important pour l'avenir de ton pays. Il tentait de prouver avec un groupe de géologues que la dorsale de Lomonosov est reliée au plateau continental canadien.

— Oui, je sais.

— Quand les Russes ont planté leur drapeau sur les fonds marins, le gouvernement a réagi. « On n'est pas au XVe siècle », a dit Peter McKay le ministre des Affaires étrangères.

— Oui.

— Sais-tu que des diplomates chinois ont déposé des revendications auprès de notre gouvernement sur les conseils de Rosaire ? Ils prétendent que l'Arctique est un territoire international et que puisque les Chinois représentent 22 % de la population mondiale, ils ont droit à 22 % des ressources de l'Arctique ?

— Ça ne m'étonne pas. Ils n'ont pas de ressources chez eux. Ils n'ont rien et ils doivent tout acheter. Ils inondent des villages pour installer des barrages et produire de l'électricité. Ils sont désespérés.

— Oui, une chose curieuse, c'est que les Chinois ont même retrouvé une carte ancienne qui prouverait qu'ils ont découvert l'Amérique avant Christophe Colomb. En 1418. Le gouvernement du Canada mais surtout les chefs inuit souhaitent que ce document soit considéré comme faux. Ce qui est encore plus étrange, c'est que ton frère semblait très bien connaître les détails de ce planisphère.

— Une copie de cette carte, car il en existe plusieurs, fait partie de notre histoire familiale. Notre ancêtre en avait une copie quand il a remonté le Saint-Laurent en cherchant la Chine.

— Ce n'est pas possible, Ambroise. Ton ancêtre ? Alors ne serait-ce pas ton frère qui aurait vendu cette carte aux Chinois ? Rosaire aurait trahi son pays ? Mais pourquoi ? Cette carte est fausse, n'est-ce pas ?

— Je n'en sais rien. Elle aurait appartenu à l'amiral Zheng He qui était au service du troisième empereur Ming. Comme bien des serviteurs de l'empereur, c'était un eunuque et il transportait avec lui dans un reliquaire en argent ses parties génitales pour être assuré de se réincarner intégralement lors de sa prochaine vie.

Le soir il posait son reliquaire au pied d'un lumignon qui faisait office d'autel. En 1418, alors que les marchés de Pékin étaient remplis de milliers de livres écrits par des philosophes et des encyclopédistes, l'Europe, elle, était encore dans l'obscurité. Gutenberg n'avait pas mis au point sa presse et Henri V d'Angleterre ne possédait que six livres manuscrits dans sa bibliothèque.

— En effet, a acquiescé Brice, étonné par mes connaissances.

— La flotte de Zheng He, connue sous le nom de l'Armada des trésors, était un vaste centre commercial flottant. Ses cales renfermaient la fameuse porcelaine bleue, de la salive de dragon et des petits choux en jade, des porte-bonheur qui assuraient que la nourriture serait toujours abondante. Le poivre servait de devise dans les transactions et les marins étaient des intellectuels qui connaissaient parfois plus de dix langues. On dit qu'ils faisaient pousser à bord des rosiers odorants à qui ils sacrifiaient la moitié de leur ration d'eau.

— Où as-tu appris toutes ces choses ? me demande Brice.

— Le planisphère de Zheng He fait partie de notre héritage familial. Il porte au dos une étrange inscription. Avec un morceau brut d'indigo, on y a tracé la route de l'or menant vers un garde-manger minéral incroyable. Zheng He aurait visité ce que l'on nomme aujourd'hui l'archipel polaire canadien.

— C'est impossible, répliqua Brice.

Irrité, j'ai simplement tourné les talons et je suis sorti de son bureau pour toujours.

34

Un Japonais sur la banquise

Il était temps pour moi de me rendre à Montréal pour préparer les funérailles de Rosaire. Tommy a passé en boucle *Jolene* de Dolly Parton pendant tout le trajet entre Iqaluit et Montréal. À bord de l'avion d'Air Parhélie, se trouvait un touriste scientifique japonais. Tommy a soudain crié, alors que nous survolions un désert de glace au-dessus de l'île de Baffin : « C'est ici que tu veux que je te laisse ? » Le Japonais a regardé son GPS et a hoché la tête. Nous avons fait escale sur un iceberg de plusieurs kilomètres de long pour le déposer. Heureusement, il était accompagné d'un montreur d'ours polaires, un petit Inuit au visage de lune. Lors de l'atterrissage, l'avion a glissé sur une longue plaque de glace laiteuse aux cristaux en forme d'étoiles, puis un pneu a explosé avant que Tommy reprenne le contrôle de l'appareil en opérant un virage en épingle. C'est un pilote d'exception : il a fait ses classes chez Bearskin Airlines. Se retournant, il a regardé le Japonais avant de leur lancer :

— Si vous vous perdez, faites comme Ross qui cherchait à retrouver Franklin : accrochez des messages au cou des renards des neiges. Ils retournent aux camps pour manger nos ordures. Au cas où vous manqueriez de nourriture, vous pouvez aussi faire bouillir votre ceinture si elle est en cuir et que vous manquez de nourriture.

Tommy a changé le pneu comme s'il s'agissait de celui d'une Chevrolet et nous sommes repartis.

Après le décollage, j'ai gardé les yeux fixés sur le chercheur japonais. À cause du réchauffement climatique, les ours polaires chassaient sur de minuscules banquises à la dérive. Ils étaient devenus particulièrement dangereux. J'admirais le courage de cet homme. Il ne devait pas avoir de famille pour tenter une telle aventure.

Tout le monde à la mine souhaitait descendre dans le Sud pour les funérailles de Rosaire, mais j'ai réussi à en dissuader quelques-uns. On ne pouvait pas laisser les choses à l'abandon là-haut. Les animaux sauvages envahiraient le camp. Juste avant mon départ, un ours un peu trop curieux avait mis à mal un hélicoptère dans lequel un pilote avait laissé un sachet de bonbons. Rosaire aurait adoré assister à cette scène étrange. Marcelline devait me rejoindre à Montréal le mardi matin, la veille de l'enterrement.

Dès mon arrivée, je me suis rendu à mon appartement. J'étais pressé de découvrir ce que Rosaire m'avait envoyé. Une enveloppe matelassée avait été glissée dans la fente de ma porte et traînait par terre, parmi les journaux du quartier et une brochure de Vision mondiale, un organisme humanitaire qui récoltait des dons pour les pays africains.

Sur l'enveloppe, j'ai déchiffré une écriture tremblante, qui ne ressemblait pas à celle de mon frère :

Mon cher frère,
Cette enveloppe contient une lettre à lire uniquement s'il m'arrive quelque chose. Ne pose pas de questions et ne m'en parle pas si tout va bien.

J'ai ouvert l'enveloppe immédiatement.

Ambroise,
Voilà une situation bien étrange… Si tu lis cette lettre, c'est que je suis mort. Je connais maintenant des secrets qu'il m'est impossible de te dévoiler. Mais je peux tout de même te dire que je t'aime et que notre relation fraternelle a été magnifique, malgré nos petites guerres. Je t'avoue aujourd'hui que je regrette cette histoire de carabine… Tu devrais te faire enlever ce vilain plomb dans le derrière ! Grâce à toi, sur cette terre, j'ai eu une personne sur qui compter. Je savais que je pouvais te demander n'importe quoi et que tu l'aurais fait sans me poser de questions. Personne n'est véritablement à l'aise sur cette planète. Il faut être très honnête pour l'admettre. Nous avons tous peur. L'important, c'est de trouver des méthodes appropriées pour combattre cette peur. Mon erreur a été de combattre la mienne avec le corps des femmes. Elles ont été mon équilibre et ma chute. Je t'aime et je te donne un dernier conseil de grand frère. Vis ta vie plus simplement que je n'ai vécu la mienne. J'ai eu trop de femmes et trop de relations d'affaires louches. Trouve ta voie et ton bonheur, et tâche de vivre une vie extraordinaire. Tout ce dont tu as besoin, tu

le possèdes déjà. Car nous ne sommes rien sans notre histoire. Quand tout est perdu, elle est la seule chose qui nous reste. Dans ce Nord obscur, nous avons déjà vécu mille vies.

Maintenant, je dois en venir aux choses difficiles. Je crois que Lumi m'a assassiné. J'ai découvert des choses ces derniers temps qui me laissent croire qu'elle ne m'aime pas véritablement. Lumi m'a tué pour toucher une prime après ma mort. Mais elle n'est plus la bénéficiaire de cette assurance Sun Life que j'avais prise à son nom au printemps. S'il m'arrive quoi que ce soit, désigne-la, elle et ses complices. Ce message est mon testament. Ne laisse pas Lumi en liberté.

Ton frère Rosaire qui t'estime beaucoup.

Je ne savais plus quoi penser. J'ai mécaniquement rempli au stylo le coupon de Vision mondiale qui proposait de faire un don. Avec cent dollars, j'avais le choix de financer l'achat de médicaments pour guérir cent enfants de la diphtérie, ou de cinquante fournitures pour les classes, ou encore d'animaux pour l'étable d'un village mauritanien. J'ai choisi de cocher la case « étable : trois poules, un coq, deux chèvres et une vache » et de faire le don au nom de Marcelline.

La lecture de la lettre me mit hors de moi. J'étais trop fragile ou émotif pour être capable d'encaisser de telles révélations. Je rêvais d'une vie simple et tranquille, mais tout semblait toujours s'envenimer terriblement. Je me sentais dépossédé de mon frère. De tout.

35

L'inventaire

Sommes-nous ce que nous possédons ou ce que nous construisons ? Voilà la question que je me posais en allant chez Rosaire et en fouillant son bureau. Dans cet appartement où il ne mettrait plus jamais les pieds, je me sentais comme un voleur. Dans un tiroir, je suis tombé sur une feuille volante sur laquelle était recopié l'inventaire des biens de notre ancêtre. Jean Nicolet est mort une nuit d'octobre 1642, alors qu'il avait embarqué dans une chaloupe avec M. de Chavigny pour intervenir dans une guerre qui opposait les Algonquins aux Iroquois. Un jeune Iroquois avait été pris en otage et on lui avait percé les pieds avec des bâtons, on lui avait arraché les ongles avec les dents. Le jour du bûcher était fixé. Nicolet, traducteur et ami des Indiens, était le seul à pouvoir concilier ces deux tribus. Une tempête s'est soudain levée et de grandes vagues ont agité le fleuve Saint-Laurent. Cramponné à la chaloupe qui s'était renversée dans l'eau glacée, Jean Nicolet a dit à M. de Chavigny : « Monsieur, vous savez nager, moi, je ne le sais pas. Je m'en vais à Dieu. Je vous recommande ma femme et ma fille. »

Quelques jours après la mort de Jean Nicolet, on a dressé l'inventaire de ses meubles. On y mentionne un lit et quelques chaises de bois, des instruments de chasse et de pêche, plusieurs autres de navigation, des bahuts et des coffres couverts de cuir, garnis de clous et munis de serrures. Sa garde-robe était à la mode de Champlain, son meilleur ami : souliers de maroquin noir, hauts-de-chausses de serge de Frécamp, casaque de drap de Berry avec des boutons, bonnet écarlate, chapeau de castor garni d'un cordon d'argent et d'une plume blanche. On a également trouvé chez lui un petit baril à senteurs, deux calumets de pierre rouge avec une boîte à tabac en cuivre émaillé, un étui à barbier avec huit rasoirs, quatre peignes et deux relève-moustache. Cette liste, reproduite dans les *Relations des jésuites*, avait été photocopiée par Rosaire. Mon frère m'en avait parlé. On y découvrait que notre ancêtre Nicolet fumait beaucoup mais la fameuse pietà que Rosaire avait découverte l'an dernier n'avait pas été répertoriée.

Au bas de la feuille figuraient aussi les livres que possédait Nicolet : *L'Inventaire des sciences*, *La Découverte des Portugais aux Indes occidentales*, le recueil des gazettes de l'année 1634, *L'Art de naviguer*, le recueil des gazettes de l'année 1635, un manuel d'escrime, *Les Métamorphoses* d'Ovide en vers, une *Relation de la Nouvelle-France* de l'année 1637, *Le Tableau des passions vivantes*, *L'Histoire de sainte Ursule*, *Les Méditations sur la vie de Jésus-Christ*, *Le Secrétaire de cour*, *L'Horloge de dévotion*, l'adresse *Pour vivre selon Dieu*, *Les Éléments de logique*, *Les Saints Devoirs de la vie dévote*, *L'Histoire du Portugal*, un petit missel couvert de satin intitulé *Le Rituel de la messe*, *La Vie du Sauveur du monde*, deux livrets de musique, *L'Histoire des Indes occidentales*, une *Vie des saints* in-folio, et cinq autres vieux livres dont on ne précisait pas les titres.

À cette petite bibliothèque s'ajoutait une lunette à longue vue, une montre d'horloge, quatre images représentant les saisons de la nature, quatre cartes de géographie et un tableau de la Vierge.

La lecture de cette liste me consola étrangement. Moi qui semblais ne plus pouvoir tenir en place depuis la mort de Rosaire, je me suis endormi sur son lit pendant quelques heures avant de me réveiller en sursaut : je devais contacter la police d'Iqaluit pour leur signifier les dernières volontés de mon frère.

J'ai repensé à lui toute la nuit suivante. Rosaire avait de la chance : il menait une carrière de droit international, les femmes les plus belles se jetaient à ses pieds, et il trouvait quand même le moyen de se plaindre. À bien y réfléchir, depuis ce jour où il avait appuyé sur la détente de la carabine à plombs, la tension latente entre nous ne s'était jamais dissipée. J'avoue que je le jalousais. C'était un homme capable de provoquer à la fois la haine et l'amour. Un homme que j'avais fui souvent, ce que je regrettais à présent.

Depuis la mort de Rosaire, un sentiment de tristesse s'immisçait en moi, noir et irrésolu, caverneux. Rosaire allait être enterré dans moins de deux jours.

Polynie

Ce soir-là je commandai des fleurs pour la cérémonie sur interflora.ca, et pour les vœux de sympathie je choisis sur le menu défilant cette citation de Buffon : « La plupart des hommes meurent de chagrin. »

36

Nous avons bu trop de vin de glace

Le mardi 11 mai au matin, je suis allé marcher en bordure du canal de Lachine, transformé en un grand parc manucuré. Sous les ponts ornés de graffitis où dormaient des héroïnomanes, parmi les écuries urbaines, les silos à grains et les petites maisons d'ouvriers, je me suis senti trahi. À travers les rayons du soleil, j'ai aperçu Marcelline qui venait vers moi, et j'ai eu l'impression d'entendre le tonnerre craquer dans un ciel d'été. Lorsque nos cœurs s'approchaient l'un de l'autre, c'était comme si deux plaques tectoniques se heurtaient dans la faille du Saint-Laurent. Effaçant le ciel bleu. Dévastant le paysage d'un déluge industriel. Elle avait les bras remplis de tulipes jaunes et tirait un chariot à provisions rouge avec des roues en caoutchouc blanches. Elle arrivait du marché. C'était la première fois que je voyais Marcelline autrement qu'emmitouflée dans un manteau inuit dans le Nunavut. Elle portait une robe-soleil en soie prune et un long collier tissé des fanons séchés d'un béluga. Nous nous sommes enlacés avant de nous asseoir devant le Silophone, sur le quai Saint-Pierre et de boire au goulot la bouteille de vin de glace qu'elle avait sortie de son sac de courses. C'était un vin jaune tiré de pommes gelées, cueillies sur l'arbre en plein hiver. Elle m'a dit :

— On dirait une version liquide de ces pâtisseries marocaines au miel et aux amandes. Qu'en penses-tu ?

— Du miel sur une tartine beurrée.

Elle m'accompagnerait le lendemain aux funérailles de mon frère. Je lui répondis, comme si le deuil me permettait cette audace :

— Peut-être que si on avait des enfants ensemble, on n'aurait pas le temps de penser ni d'être si malheureux. Lorsqu'on se retrouve les cheveux pleins de céréales pour bébé, il n'y a plus de questions à se poser.

— Il faut choisir d'être heureux, Ambroise. Les enfants n'empêchent pas le malheur, ni la dépression, la solitude ou l'abandon.

— C'est vrai, repris-je. Mon frère m'a expliqué la notion chinoise du *Qi*, la force vitale d'un organisme. Quand un être humain arrive au monde, il possède un certain potentiel génétique ou karmique, mais c'est le travail de l'individu d'optimiser ce potentiel pour vivre longtemps et heureux.

Marcelline marqua un temps et me répondit :

— Un jour, un œnologue californien m'a expliqué que, pour un Européen, l'élément le plus important est l'origine. Si un saint-émilion est bon c'est parce qu'il provient d'une région riche. Le terroir crée une réaction presque limbique. En Europe, il faut savoir d'où l'on vient et où l'on se situe dans la hiérarchie. Dans notre Nouveau Monde égalitaire, nos origines sont moins importantes. C'est ce que tu es aujourd'hui qui te donne ta valeur. On vit dans une méritocratie. Les vins du Nouveau Monde sont des vins d'effort, et non pas des vins de terroir. C'est exactement pareil pour le bonheur.

Marcelline changeait toujours de sujet quand je parlais d'enfants, ou elle passait du coq à l'âne. Cette question l'effrayait. Elle a ajouté, comme pour conclure :

— On fait souvent des enfants pour régler un problème qui restera toujours irrésolu.

Quand je parlais avec elle, j'avais parfois l'impression de participer à un débat scientifique. Mais cela me plaisait. Je cachais dans l'armoire à farine de la cuisine une revue comme le *Foreign Affairs* que j'avais scrupuleusement annotée. Au cours de nos débats, j'y faisais référence. Ce que nous cherchions, c'était la formule du bonheur, et j'étais convaincu que c'était avec moi qu'elle le trouverait. J'avais envie de me sacrifier pour elle. C'est à ce moment-là que je lui ai demandé :

— Et si tu rencontrais le prince charmant ?

— Je déteste les princes charmants. En théorie, le prince charmant a des tonnes d'or en Bourse et ça lui donne le droit de t'imposer le repas, la vaisselle, le lavage, et l'amour deux fois par jour avec l'obligation de crier fort pour le conforter dans sa virilité. Éventuellement, tu auras le privilège de donner naissance à sa progéniture, qui te fera prendre dix kilos et te clouera au palais pour une vingtaine d'années.

C'est assez pour commencer à abuser de drogues prescrites ou de psychotropes.

— Tu y vas un peu fort, Marcelline.

— Si c'est moi qui tiens les cordons de la bourse, je serai libre. Je n'aurai pas à nettoyer la baignoire. Je demanderai aux hommes de le faire à ma place. Et ils seront heureux d'obtempérer. J'ai de la chance : mon chemin a été tracé par des femmes qui ont mis le feu à leurs Wonderbra il y a déjà cinquante ans. Je ne retournerai pas en arrière !

— Ça me donne vraiment envie de devenir ton époux. Tu souhaites inverser l'asservissement ?

— Quand je suis née, je n'ai pas eu à me demander : suis-je une femme ou un homme ? Le fait d'être une femme me posera-t-il des problèmes dans l'avenir ? Ces questions ne me sont jamais venues à l'esprit. Il faut dire que ma mère a travaillé toute sa vie. Elle partait le matin, alors qu'Orion scintillait encore dans le ciel. Quand elle accouchait, elle retournait travailler trois semaines plus tard, sinon il n'y avait rien à manger. Mes frères et moi ne nous sommes jamais autorisé le luxe d'avoir des caprices. Elle ne voulait pas nous voir devenir le centre de son univers. Voilà pourquoi je suis comme je suis. Quand tu es mezzo soprano, tu ne finis pas avec le prince, tu es le prince.

Marcelline disait tout cela avec beaucoup de fierté, mais je n'ai pas pu m'empêcher d'intervenir :

— Mais tu as tes coquetteries… Tes tatouages d'art inuit préhistorique sur les bras sont là pour nous séduire, nous, les hommes, et ça fonctionne, ça fonctionne même à merveille. Et ce vernis à ongles noir, ce n'est pas pour nous séduire, peut-être ?

Le vin doux commençait à me monter à la tête.

— Non, c'est simplement la preuve que je suis une fille rangée qui a toujours voulu être une fille rebelle sans jamais réussir à l'être. Le vernis à ongles noir est un produit de beauté qui a sa propre histoire. Il est à la fois alternatif et aristocratique. On le trouvait en Chine ancienne, où la couleur noire était réservée aux reines et c'est une boutique punk de Londres qui l'a réactualisé en 1967. Freddie Mercury s'est mis à en porter, mais seulement sur une main, ensuite David Bowie a suivi ainsi que d'autres vedettes du rock androgynes comme Marilyn Manson. En 2003, même David Beckham, le footballeur, a été photographié pour *L'Uomo Vogue* avec des ongles laqués de noir.

Nous avions bu trop de vin de glace et notre conversation serpentait d'un sujet à l'autre, mais elle avait la fluidité des premières conversations amoureuses, celles que l'on ne retrouve plus après quelques années de fréquentation. J'ai dit, d'une voix qui se voulait rassurante :

— Tu as réponse à tout et c'est cette attitude qui effraie. Il faut vivre au jour le jour. Se relaxer. Ne pas trop réfléchir…

— C'est très bourgeois de vivre au jour le jour. Si les mères qui élèvent seules leurs enfants étaient dans l'incapacité de travailler et de préparer tous les repas, les gamins ne survivraient pas. Elles ne vivent pas au jour le jour, elles prévoient sans cesse l'avenir.

— À ce que je vois, tu seras le *S*, je serai le *M*. Et nous vivrons heureux jusqu'à la fin de nos vieux jours. Tu me crèveras les yeux avec un pic à glace, car, après toi, je veux rester aveugle aux autres femmes.

— Tu sais que les Inuits trouvent que l'homme blanc pue le lait ?

Marcelline cherchait encore à me fuir.

— Marcelline, aimes-tu Tommy ? Je t'ai vue l'embrasser derrière le Rocher aux violettes l'hiver dernier. À cause du froid extrême, votre souffle est monté à plus de 6 mètres au-dessus de vos têtes. C'était impressionnant.

— Je ne suis pas amoureuse de Tommy. C'est le froid qui m'a étourdie ce soir-là et j'ai regretté après. Tu sais qu'il n'est pas né dans un igloo ? Il m'a confié avoir inventé cette histoire pour plaire aux Blancs. On sait tous comment ça se passe là-haut, non ? Dans l'avion du retour, tout était déjà oublié.

— C'est tout ce que je voulais savoir.

Une vague de bonheur chaud avait envahi mon corps. Je souriais.

Cette nuit-là, la dernière avant les funérailles de Rosaire, je compris que Marcelline avait connu la signification profonde du mot « malheur », et qu'elle avait choisi de ne pas devenir son propre bourreau. Il me semblait soudainement clair que la mélancolie ne pouvait toucher que ceux qui n'avaient jamais été en proie au vrai malheur. L'air du printemps m'apaisait, à l'ombre du Silo numéro 5 nos paroles se décuplaient en échos. Après le cidre de glace nous avons bu du vin blanc, un seyval des Côtes-d'Ardoise, un vignoble de Dunham. Je me souviendrai toute ma vie de ce qu'elle en a dit : « Ce vin est presque salé, c'est comme si on respirait l'air de la mer de Baffin près de la côte de Kimmirut. » Marcelline était capable de voir un océan dans un flacon de vin.

Je fus bien étonné en la suivant dans son appartement de voir autant de fenêtres et si peu de meubles. Elle m'a dit ne pas accepter de cadeaux de ses amis, car chaque objet venait alourdir l'existence. Pour me consoler, elle me prépara des aiguillettes de seitan à la goutte de sang, avec une sauce de sureau rouge. Elle avait rapporté avec elle quelques oursins de Pond Inlet et des salsifis arctiques. Il y avait quelque chose d'insaisissable chez Marcelline, une vérité qui effrayait et un mystère qui fascinait. Elle parlait peu, mais ses paroles étaient implacables. On ne savait jamais quel serait son prochain geste.

Cette nuit-là, elle m'embrassa de nouveau et s'endormit, ivre, en me répétant :

— Ambroise, estime-toi. Estime-toi, Ambroise.

37

La chapelle des marins

Notre-Dame-de-Bon-Secours, la chapelle des marins, était ensoleillée en ce mercredi 12 mai au matin. Cette chapelle, dont l'édifice date de 1771, était fréquentée par des navigateurs anxieux qui se préparaient à la grande traversée de l'Atlantique. En regardant les petits bateaux en bois suspendus en ex-voto au plafond voûté, je pensais à ce plomb que j'avais dans le siège, relique éternelle de mon frère en moi.

Brice de Saxe Majolique portait des lunettes de soleil Oakley à verres miroirs, qui se prolongeaient démesurément. Il avait garé sa Mustang décapotable couleur poisson rouge dans une pente, en contrebas de l'église. Il allait certainement profiter du buffet après les obsèques pour convaincre une dizaine de personnes d'acheter des actions de la mine, arguant que le prix était encore bas, et en pousserait d'autres à s'inscrire au colloque « Investir en bourse : édition spéciale mines et métaux ». Entre son cerveau et sa bouche, cet homme n'avait visiblement pas de filtre. Le discours qu'il tenait aux autres faisait immanquablement son propre éloge.

La responsabilité financière fondée sur la confiance est un concept propre à notre économie. Nous n'avons pas l'habitude d'avoir des dettes à honorer. Rosaire possédait un millier d'actions à trois dollars dans la mine. J'avais toujours passé mon tour lorsqu'on m'avait proposé ce type de transactions.

Le prêtre était habillé de pourpre. Je n'arrivais pas à croire que j'assistais aux funérailles de mon frère. Depuis le début, j'espérais que toute cette histoire n'était qu'une mystification et que Rosaire finirait par réapparaître. Je me répétais cette phrase qu'il m'avait un jour écrite : « N'aie pas peur que ta vie se termine. Aie peur qu'elle ne commence jamais. » Je n'ai cependant jamais eu envie de faire de ma vie un exercice de croissance personnelle.

Marcelline portait une robe noire et un collier de perles d'eau douce qu'on pêchait les dimanches après-midi d'automne à Kimmirut. Dans le bureau du vicaire, trente minutes avant la cérémonie, elle avait pris ma main et y avait déposé une image pieuse de sainte Lucie, la patronne des aveugles. La sainte y était représentée avec ses globes oculaires posés sur un plateau d'argent. Aveuglée parce qu'elle essayait de conserver sa chasteté, elle était toujours capable de voir, même après avoir perdu ses yeux. Au dos de l'image figurait une prière pour obtenir une vision parfaite.

J'ai serré l'image pieuse contre mon cœur avant de monter en chaire pour prononcer nerveusement un hommage à mon frère. Tous les yeux étaient tournés vers moi, même ceux de Lumi, qui portait le stupide chapeau-mouffette de Rosaire. Elle était flanquée de deux policiers. Elle me fixait de son regard sombre et glacé. Elle sentait sans doute que je la soupçonnais d'avoir empoisonné Rosaire avec le bidon d'antigel retrouvé dans sa camionnette. J'étais très ému. J'ai lu d'une voix tremblante les mots que j'avais écrits le matin même sur une feuille :

Une nuit d'hiver, dans la pinède, alors que le ciel marin bordé d'arbres pétillait d'étoiles filantes, ma mère a voulu me montrer la Grande Ourse en la pointant du doigt. Elle m'a raconté comment elle avait déposé Rosaire tout petit sur un banc de neige, emmitouflé dans un manteau pour bébé une pièce avec un capuchon esquimau. Il regardait la voûte étoilée quand une météorite est passée dans le ciel. C'est à ce moment précis que ma mère a su que Rosaire allait avoir un destin exceptionnel. Selon elle, il a été béni des dieux. Malgré la bonne volonté de ma mère, je n'ai jamais réussi cette nuit-là à distinguer la Grande Ourse, que je ne vois toujours pas, d'ailleurs. Mais je me souviens d'avoir compris, cette même nuit, que Rosaire se démarquait des autres, de moi. Il était entêté dans son travail et dans la vie quotidienne. Ce qu'il a fait pour les Inuits du Nunavut est inestimable. Mais aujourd'hui, dans ces tristes circonstances, je veux me souvenir davantage des petits détails de notre relation que des grands enjeux de sa vie. Quelques semaines avant sa mort, j'ai couru avec lui en bordure des plages rocailleuses à Kimmirut. Nos pas sur les algues luisantes, sur les passages caillouteux bordés de rivières bleues. Les battements de nos cœurs étaient comme des instruments rythmant une grande volonté de vivre. Nos pas en harmonie résonnaient sur le sol gelé. À un moment, Rosaire s'est mis à siffler et j'ai ressenti son bonheur. Je ne courrai plus jamais avec lui. Et c'est ce qui me manquera le plus, je crois.

Je me suis raclé la gorge et je suis retourné à mon banc situé à la première rangée à côté de Marcelline. Lumi était assise loin derrière moi. Je l'ai entendue sangloter, comme si elle avait été engagée comme pleureuse. Je me suis senti mal. Je ne pouvais plus continuer à vivre parmi tous ces menteurs. Qui a tué Rosaire ? Lumi, Brice ? Qui ? J'étais à deux doigts de me lever et de provoquer un scandale.

Lors du buffet qui a suivi la cérémonie, Brice a raconté à mes parents son dernier voyage au Mexique. Je les vois encore, debout, très droits, face au Prince orpailleur. Il affirmait que les pays du tiers monde ne sont pas des endroits aussi désagréables qu'on le croit. Que les femmes y sont tout aussi belles qu'ailleurs, les clubs de golf, luxuriants et que la distribution des richesses est semblable à celles du Canada. Après quelques sourires de courtoisie, Marcelline et moi avons décidé d'aller dîner dans le quartier chinois, au *Miss Hong Kong*, le restaurant favori de Rosaire. Avant de partir, j'ai dit à Lumi, encore un peu ivre de la veille :

— On sera dans le quartier chinois chez *Miss Hong*

Kong jusqu'à quatre heures du matin. On y traînera toute la semaine, si tu veux nous rejoindre.

Je ne sais pas d'où est sortie cette phrase mais je l'ai prononcée. Elle devait être dictée sous l'impulsion d'une colère contenue.

38

S&M

Le lendemain des funérailles de Rosaire, je me suis réveillé tout habillé. Sur ma table de nuit, il y avait une boîte d'allumettes avec le dessin d'une limousine dorée et le logo de *Miss Hong Kong*. Ces mots approximatifs étaient griffonnés : « Ambroise payer ». Avais-je quitté le restaurant sans payer ? Étions-nous restés chez *Miss Hong Kong* toute la nuit ? Devant ma glace, j'avais le souffle court. J'étais seul, sans Marcelline et sans souvenir.

Quand il y avait un affaissement dans la mine et que les employés disparaissaient, on espérait toujours qu'il y ait une poche d'air dans la galerie pour qu'ils survivent. À l'entrée de la mine, un tableau indiquait le nombre de jours sans accident. Cela faisait quarante-cinq jours qu'il ne s'était rien passé.

Un policier d'Iqaluit m'a téléphoné dans la matinée pour me demander si la jeune glaciologue Marcelline Golden avait une relation avec mon frère. Il venait de trouver le courriel suivant dans l'ordinateur de Rosaire, dont le mot de passe était la date de naissance de Lumi.

Cher Rosaire,

Aujourd'hui, trois employés de la mine sont portés disparus. Parfois, je nous imagine installés dans le Sud, à Montréal. Je pense à toi, les après-midi ensoleillés, alors que nous sommes tous prisonniers de la mine avec une seule envie : en sortir pour voir le ciel si bleu. Une seule image hante mon esprit : toi et moi dans un cachot de pierres, emprisonnés, en train de faire l'amour. En train de nous défoncer l'œsophage avec nos langues, en train de nous battre, presque, à quatre pattes dans le gravillon de notre cellule, où un faible bruit d'eau se ferait entendre. Notre amour comme un match de boxe. J'ai envie de te donner des coups pour que tu recules, pour que ta tête frappe contre le mur, avant de jouir. Ton amour m'enrage. Notre amour n'existera jamais autrement qu'en luttant l'un contre l'autre et contre tous les autres. En nous crachant au visage. Et, si c'était possible, en nous assassinant.

Mais en attendant, je te traîne par les cheveux dans ma tête. Je te traîne avec mes dents sur nos cadavres imaginaires. Recroquevillés dans un coin, nus, à la lueur d'une bougie, nous buvons de l'absinthe dans des tasses en porcelaine auxquelles nous mettons le feu. Pas de morceau de sucre, pas de belles petites cuillères en acier à motif dentelle. Nous sommes en prison. Incarcérés. Notre peau est couverte d'une glaise granuleuse et bleutée mêlée d'alcool. Nos cheveux sont collés par la sueur.

Mes visions d'incarcération me donnent envie de m'affamer, pour ressentir la douleur de la réclusion. Les veines de mon cou ressortent comme dans la colère, battant contre les tiennes. Mes ongles peints de noir s'enfoncent dans ta chair. S'aiguisent en toi. Nous battre pour secouer l'amour que je porte en moi, pour qu'il disparaisse. Pour ne plus le sentir sourdre en moi. Te frapper, bleuir tes yeux pour ne plus t'aimer. Pour me secouer et me libérer de ce sortilège. Je refuse de ramper encore en moi à la simple idée de ta présence.

Sur mon bureau, un petit calendrier de sculptures inuit présente sur la page de septembre la gravure d'un caribou qui se fait sauter à la gorge par deux loups. Je la regarde souvent. C'est la seule chose qui me calme, cette petite image d'une attaque sanglante. Sinon, je retombe dans nos incarcérations que j'invente pour ne plus t'aimer, car je sais que dans ta vie, je ne serai jamais l'unique.

Aussi, en ces beaux après-midi où nous sommes ensemble, je veux te faire boire de l'alcool. Pour te faire tomber en enfer. Pour que tu deviennes faible. Je veux que tu te soumettes à mes coups dans l'espoir de jouir. Je veux vivre avec toi des lacérations. Des égorgements, des asphyxies. Pour ne plus jamais t'aimer, j'apporterai une paire de ciseaux pour faire de petites incisions dans ta peau. Mon souhait, c'est de te tuer.

Marcelline

J'ai eu du mal à comprendre ce que tout cela signifiait. J'avais mal à la tête et des cernes de trois jours. Mon frère avait encore une fois réussi à me clouer sur place. Il a déchiré en moi tout espoir, toute capacité au bonheur. À cet instant précis, j'aurais aimé lui demander quelle avait été la chose la plus importante à ses yeux.

Encore une fois, mon frère, le brillant avocat,

venait de tout réduire à néant. Je me suis senti imploser. Ma compréhension de l'Univers en entier venait de chavirer. Rien n'avait autant modifié ma perception du monde auparavant. J'ai répondu au policier que je ne comprenais rien à ce délire. Que j'étais amoureux de Marcelline depuis le premier jour où je l'avais vue. Que cette lettre ne venait certainement pas d'elle. Que Marcelline n'aimait pas les hommes. Et j'ai raccroché le combiné.

39

La musique modifie le goût du vin

Quand quelqu'un meurt, à notre grande surprise, sa vie intime nous est subitement dévoilée. Le solde de son compte bancaire et ses dettes de cartes de crédit nous arrivent par la poste. Sa boîte de courriel et ses mots de passe griffonnés dans son agenda nous sont accessibles, ainsi que tous les fichiers de son ordinateur.

J'ai passé la journée à fouiller l'appartement de Rosaire. Cela m'aiderait à mettre les choses en perspective et à mieux comprendre. Peut-être cela me mènerait-il à son meurtrier ? J'ai écouté le disque de Samantha Fox qui reposait dans son lecteur CD. J'ai ouvert une bouteille de rouge qui se trouvait sur le comptoir. Marcelline m'avait déjà dit que la musique modifiait le goût du vin. Celui-ci avait une odeur de géranium. J'étais comme un voleur qui vide tous les tiroirs à la recherche de quelque chose. J'ai trouvé dans le deuxième tiroir du bureau un texte rédigé par Rosaire. On aurait dit le brouillon d'une lettre qu'il destinait au courrier des lecteurs de *Playboy*.

Je suis devenu ami avec une autre fille à la maison close. Son nom est Lumi. Elle vient dîner chez nous une fois par semaine. Elle ne porte que des chaussures en faux cuir de couleur or et aime manger des Mr Freeze bleus qui tachent la langue. Quand elle est là, j'ai l'impression d'être un voyeur, car Marie-Perle ne porte que son soutien-gorge en dentelle jaune et sa petite culotte que j'aime tant. Bientôt, je devrai coller dedans une étiquette avec son nom, car tout va se mélanger. J'imagine que Marie-Perle a planifié ma rencontre avec Lumi dans le but inavoué de s'amuser avec elle les samedis soir. Elles sont devenues copines. Parfois, je vais me coucher de bonne heure et je les écoute boire du Cava couleur œil-de-perdrix ensemble. Avec moi, Marie-Perle est si peu conciliante. Elle m'a engueulé l'autre jour sous prétexte que j'avais ramené à la maison la mauvaise marque de lait de soja. Elle veut le lait de soja Natura Light à la vanille, et je lui avais rapporté la version nature. Si elle savait que le lait coûte 15 dollars la bouteille à Iqaluit, elle cesserait de se plaindre. Je suis persuadé qu'un jour, une des deux va m'empoisonner. Chaque jour, je marche dans la forêt et je cueille un petit morceau de champignon toxique que j'ingère aussitôt sans respirer. En absorbant de petites doses de poison, je m'immunise contre une dose qui pourrait être fatale. Si je n'étais pas là, Marie-Perle et Lumi pourraient vivre ensemble heureuses. Elles feraient l'épicerie main dans la main, se prépareraient des pique-niques qu'elles iraient manger près de la rivière, et s'embrasseraient, repues, couchées dans l'herbe, avant de s'endormir. J'ai l'impression de ne plus exister. Parfois, on fait l'amour, moi et Marie-Perle, le samedi matin, avant d'aller faire les courses, quand elle est encore un peu soûle. Mais on ne s'embrasse plus depuis deux ans. Lumi est devenue essentielle à notre relation. Quand elle est là, j'entends Marie-Perle rire de nouveau de son rire sans gêne. Comme avant, lorsqu'elle était amoureuse de moi. Sans Lumi, nous ne serions plus ensemble.

Je ne sais pas à qui était adressé ce texte. Rosaire aimait trop les femmes. Il était prêt à vivre les pires situations pour elles. Je commençais à avoir la vague impression qu'il avait sombré dans un délire sans nom. Et que cela lui avait coûté la vie. Je suis retourné à Iqaluit le vendredi 14 mai, après quatre jours d'absence, car me trouver loin du lieu où mon frère avait respiré son dernier souffle me devenait insupportable. Comparée à la sienne, ma vie me parut soudain très monastique.

40

Polynie

Une polynie est un trou éternel dans la glace. Une source de vie et de nourriture inespérée dans l'hiver polaire. L'ouverture est entretenue par les vents et les courants, mais aussi les baleines, qui doivent remonter à la surface toutes les vingt minutes pour respirer. Elles empêchent la glace de se refermer. Les ours polaires viennent pêcher dans ces eaux fertiles au plus noir de l'hiver. À la fin de la saison froide, la peau épaisse des bélugas est entaillée par leurs coups de griffes répétés.

Mitsy Cooper m'attendait à l'aéroport d'Iqaluit quand mon avion en provenance de Montréal atterrit. Elle m'avait appelé la veille sur mon portable en me disant qu'elle avait du nouveau et qu'elle voulait me voir. Ce qu'elle m'a révélé me permit de respirer. Elle semblait fébrile, elle tremblait, et débita rapidement :

— Nous devons aller à Pangnirtung. Là, nous découvrirons qui a tué ton frère. Comme les policiers ne s'activent pas assez, j'ai fait mes propres recherches. Tommy nous attend sur la piste avec un avion.

— Tommy a failli me tuer l'autre jour en quittant les commandes de son coucou pour aller pisser derrière, en plein vol. Après, il a largué un touriste japonais sur un iceberg. Tu lui fais vraiment confiance ?

Mais Mitsy a insisté et nous sommes partis aussitôt. Pangnirtung, c'est le Nunavut en petit. Le village se trouve à quarante-cinq minutes de vol d'Iqaluit, en bordure d'un fjord si haut que Tommy a dû manœuvrer serré pour atterrir près du mur de glace striée. J'ai murmuré :

— Mon Dieu, Tommy, tu vas nous tuer pour de vrai cette fois-ci !

— Ah ! Vous, les monothéistes, pourquoi avez-vous si peur de la mort ? Donne-moi la bouteille de whisky dans le sac à dos à tes pieds, hurla Tommy en enfonçant son volant au maximum.

On pouvait voir sur le tarmac de petits avions dispersés comme des modèles réduits éparpillés dans une salle de jeux. Cette ville compte mille trois cents habitants, dont des ados hip-hop avec la casquette de travers, des femmes portant des parkas modernes et un groupe d'anciens, des chasseurs traditionnels.

Mitsy, assise à l'arrière, me parlait, mais je n'entendais presque rien à cause des écouteurs et du bruit des hélices.

— Ton frère a mangé des vesses-de-loup lors de son dernier repas, et il est possible qu'elles aient été empoisonnées. Nous allons rencontrer l'homme qui lui a fourni ces champignons. Il habite à Pangnirtung. Les vesses-de-loup ont des vertus hallucinatoires et sont utilisées à des fins divinatoires par les Inuits.

Selon mes sources, elles sont aussi consommées par certains Blancs du coin…

— Ça me semble bien trop romantique. Tu es certaine que tu n'inventes pas cela pour les journaux à scandales ? L'allusion au *pink fix* était déjà, à mon avis, de trop. Il était inutile de le salir de la sorte. Mon frère était un homme respecté dans la communauté. Il a employé toute son énergie pour donner une reconnaissance territoriale au peuple inuit.

À la descente de l'avion, un Inuit portant des lunettes de neige et une veste avec un motif en cuir repoussé représentant un chasseur armé d'une lance nous attendait devant un hangar en tôle ondulée. Il semblait fébrile. La communauté de Pangnirtung préparait une cérémonie commémorative rendant hommage au jeune homme, originaire du village, qui avait sauté la semaine précédente d'un avion. Sur la croix de bois que l'on préparait pour lui, son père avait fixé un autocollant du club de hockey canadien. On disait qu'il avait fait sur Internet des recherches sur le suicide. Les enquêteurs avaient trouvé des informations dans la mémoire cachée de son ordinateur. Selon les médecins, il souffrait de *perlerorneq*, un syndrome de dépression engendré par la noirceur de l'hiver.

L'homme que Mitsy voulait rencontrer était un des douze fils d'un chef inuit dissident. Celui-ci détestait secrètement l'homme blanc, l'homme administratif qui tenait le Nord sous sa gouverne. Il militait pour les droits des Inuits. Son passe-temps préféré était d'agresser les militants des droits des animaux et les activistes de Greenpeace.

— Il cible ton frère depuis des années, m'a révélé Mitsy. Il lui en veut pour sa faiblesse dans les négociations concernant l'autonomie du Nunavut. Les Inuits possèdent les terres, mais aucun droit sur l'exploitation des sous-sols. Il considère cela comme un abus. Il tient ton frère pour responsable de la situation actuelle.

L'homme que nous voulions rencontrer ne semblait pas être dans les parages pour l'instant. Nous avons donc passé la nuit chez l'adjoint au maire. Ce soir-là, j'ai repensé longuement à Marcelline. Pourquoi avait-elle succombé à Tommy ? Aimait-elle Rosaire ? Pour elle, j'aurais érigé des barricades contre tous ces hommes qui ne savaient rien faire d'autre que de séduire les femmes. Ils savaient susciter en elles l'amour de façon instantanée, pour les satisfaire juste le temps d'une nuit. Contre ceux qui avaient ce talent, contre cette espèce qui dilapidait les âmes avec son magnétisme millénaire, je voulais me battre.

Ce soir-là, nous avons mangé du muktuk, et un ancien du village nous a raconté la légende de la marcheuse solitaire :

Une domestique russe de Vancouver était restée amoureuse de sa ville natale et, en 1927, elle décida de retourner à Vladivostok. Elle était cependant bien pauvre et ne pouvait se payer le voyage en bateau. Elle partit à pied. Son plan était de se rendre jusqu'au toit du monde, car elle s'imagi-

nait pouvoir traverser à pied le détroit de Béring jusqu'en Sibérie. C'est de cette manière qu'elle se retrouva à Hazelton, dans le nord de la Colombie-Britannique, en septembre 1927. Les premiers blizzards avaient déjà commencé à souffler sur la région, et, pour la protéger contre elle-même, le chef de la police locale l'emprisonna. Mais cet hiver derrière les barreaux ne lui ôta pas son désir de revoir Vladivostok. L'été venu, elle continua de suivre la ligne de télégraphe vers le nord. Son voyage était déjà devenu légendaire. Un employé de la compagnie de télégraphe lui donna un chien, pour la route. Dans les moments les plus difficiles, elle le transportait dans ses bras pour ménager ses pattes et, lorsqu'il mourut, elle le fit empailler de façon rudimentaire et continua de le traîner avec elle. À l'hiver 1928, on l'a retrouvée à Dawson City, travaillant comme cuisinière dans un camp. Elle est repartie au printemps. Quand on lui demandait où elle allait ainsi, elle répondait simplement :

— En Sibérie.

Au mois d'août, elle arriva à Nome, en Alaska. Elle progressait au rythme de soixante kilomètres par jour. Elle était à seulement deux cents kilomètres du détroit de Béring, presque en Russie. Elle a quitté Nome en tirant un traîneau. Puis elle a disparu. Son traîneau a été retrouvé quelque part trente-cinq kilomètres de Nome.

C'était rafraîchissant de l'écouter, car la plupart des gens à qui l'on posait des questions demandaient presque inévitablement de l'argent en échange de réponses. Beaucoup de gens se sentaient lésés par la présence des Blancs. Un homme s'est levé soudain pour crier :

— Il va falloir marcher sur le corps de nos ancêtres et sur nos propres corps avant d'ouvrir de nouvelles mines au Nunavut. Nous allons maintenant devoir utiliser des moyens autres que politiques ou judiciaires.

Le lendemain, le samedi 15 mai, nous avons visité les baraques militaires de l'armée canadienne, où pas moins de cinq soldats m'ont demandé des nouvelles de la belle Lumi. Dans la petite bibliothèque de leur salle de repos, on trouvait les livres suivants : *Le Nouveau Père : le guide du papa pour la première année*, d'Armin A. Brott, *Mon jardin secret : une anthologie des fantasmes sexuels féminins*, de Nancy Friday, et le classique *Les hommes viennent de Mars, les femmes viennent de Vénus*, de John Gray. À la Coop inuit de Pangnirtung, j'ai vu qu'il était possible de se procurer du Clamato, un mélange de jus de tomates et de palourdes, ou des bas nylon pour vingt dollars, un vulgaire céleri sans vitamines, emballé sous cellophane, pour dix dollars, et toute une série d'appâts colorés pour la pêche à des prix astronomiques. Des adolescents flânaient longuement dans les allées.

C'est alors que j'ai vu sur l'étagère des ventes en consignation le reliquaire en or de mon frère. J'ai essayé de rester calme. Il était de plus en plus clair que le meurtrier de Rosaire vivait au village.

— À qui appartient cet objet en forme de doigt ? ai-je demandé au vendeur en achetant une boîte d'After Eight à quinze dollars.

— À un homme qui n'est pas d'ici, mais qui habite

dans le nouveau chemin construit par les soldats, près de la baie. Il a également mis une statue de la Vierge Marie en consignation, mais les gens du musée de l'aéroport d'Iqaluit l'ont achetée hier, a-t-il répondu tout fier.

Il pensait avoir fait une bonne affaire et cherchait notre assentiment en refermant son tiroir-caisse. Un vertige m'a saisi : s'agissait-il de la fameuse pietà de mon ancêtre ?

Mitsy a tout de suite loué deux quatre-quatre et nous sommes partis à la recherche de l'individu. La route était impraticable. Le vent était si fort qu'il menaçait de retourner les véhicules sur leur toit. Nous avons dû rebrousser chemin.

Nous étions depuis trois jours à Pangnirtung quand, enfin, l'homme que nous cherchions est revenu à la Coop pour savoir si le reliquaire avait trouvé preneur. La police l'attendait et nous a prévenus aussitôt. À ma grande surprise, c'était Kujjuk. Kujjuk, mon laveur de vaisselle, avec ses lunettes d'aviateur et son bras en moins. Quand je me suis jeté sur lui, le prenant à l'encolure de sa chemise en finette à carreaux bleus et noirs, il a voulu percer mon flanc avec le crochet de sa prothèse. Les policiers nous ont séparés. Je haletais, j'avais envie de le mordre au visage. De lui arracher les oreilles avec mes dents.

— Où as-tu trouvé cet objet ? a demandé un des policiers.

— C'est une fille qui vient voir les soldats une fois par mois qui me l'a donné.

— Lumi ? ai-je lancé.

— Oui, celle-là.

— Mais Lumi n'est pas venue à Pangnirtung depuis le mois de mars. C'était bien avant la mort de Rosaire. Tommy peut le confirmer, ai-je ajouté enragé.

De nouveau j'ai fait un mouvement vers lui. Mais les policiers ont tiré Kujjuk à l'écart.

— Lâchez-moi, je n'ai rien fait, se plaignait-il.

— Kujjuk, nous avons trouvé un noyau de pêche sur les lieux du crime le jour de la mort de Rosaire. Nous saurons grâce à l'analyse ADN si c'est toi, lui a annoncé un policier.

Quelques mois auparavant, Kujjuk avait sombré dans un délire de persécution. Il se croyait plus intelligent et intègre que tout le monde et s'était mis à détester Rosaire. Il trouvait injuste qu'un Blanc aussi roublard et vénal, un étranger né dans le Sud, s'empare, au nom de son peuple, de la question de la dorsale de Lomonosov. Il avait alors tout fait pour trouver son point faible. Durant l'hiver, passant ses journées libres à Iqaluit, égrenant ses soirées au bar du *Cercle polaire*, il s'était rapproché de Rosaire. Et un soir, il était passé aux actes. Il avait proposé à Rosaire de manger du foie d'ours avec des vesses-de-loup, les faisant passer pour une spécialité de Pangnirtung. Il savait que les Blancs ont une faiblesse pour les découvertes gastronomiques nordiques. Rosaire était ivre ce dimanche-là. Il arrivait de Santo Domingo où il avait passé sept jours. Kujjuk lui avait soutenu qu'il ne serait pas capable de manger du foie d'ours cru. Rosaire n'avait pas hésité, il l'avait avalé goulûment, avant de s'attaquer aux vesses-de-loup sautées au beurre.

Peu de gens savent que la viande d'ours polaire est impropre à la consommation. Certains explorateurs ont dû parfois en ingurgiter, mais chaque fois leur réaction a été la même : ils croyaient que l'esprit vengeur de l'ours venait les tuer. Leur peau et leurs cheveux se mettaient à tomber. La vitamine A qui se trouve en quantité toxique dans le foie de l'ours peut causer une hypervitaminose.

Kujjuk a fini par avouer qu'il avait voulu donner une leçon à Rosaire, et non le tuer. « C'était un accident, répétait-il. Je ne suis pas un meurtrier. Vous êtes les seuls coupables. Vous nous avez volé notre culture, nos terres, nos femmes. »

J'allais enfin pouvoir respirer.

41

L'eunuque

La pietà volée était bien exposée dans le hall principal de l'aéroport d'Iqaluit, à côté d'une sculpture de phoque en pierre à savon et d'une paire de lunettes de neige datant des années 1950. Le soir où nous avons regagné Iqaluit, alors qu'aucun vol n'était prévu pour les prochaines heures à cause du mauvais temps, je me suis approché d'elle et j'ai entendu la voix de mon frère.

La statue de bois avait été repeinte plusieurs fois sous des couleurs différentes. Sous le piédestal était inscrit au stylo bleu « Les Chinois ont découvert l'Amérique ». C'était bien l'écriture de Rosaire. J'ai soudain compris que la sculpture était légère non pas parce qu'elle portait le message de Dieu, mais parce qu'elle était creuse. C'est à l'intérieur que j'ai trouvé la carte chinoise de l'amiral Zheng He enroulée sur elle-même. Elle avait été cachée dans les entrailles de la Vierge par Jean Nicolet et avait voyagé d'église en église depuis des siècles, survivant aux pires cataclysmes. Je l'avais à présent entre mes mains. Elle représentait le dernier legs de mon frère, dont je ne me séparerais jamais. Je suis rentré chez moi avec la carte, sans rien révéler. Personne n'en connaissait l'existence, sauf Rosaire. Cette carte de l'amiral eunuque qui avait fait la première circumnavigation de la Terre au début du XVe siècle serait à jamais notre dernier secret. Notre lien perdurait par-delà la mort.

42

Bombus polaris

Ils n'ont pas échangé de bagues. Tommy lui a donné son collier en dents de caribou, qu'elle porte depuis. Elle lui a offert un très ancien éphéméride nautique. Ce document publié annuellement par le Bureau des longitudes à l'usage des marins permet de pratiquer la navigation astronomique. La page de garde était sertie de lunes en or et de planètes à anneaux. Il lui a dit : « Mes souvenirs les plus chers sont avec toi, Marcelline. »

Après son mariage avec Tommy, elle a essayé d'installer deux ruches derrière sa serre à Kimmirut, un système d'apiculture amateur. Les abeilles polaires portent le nom de *Bombus polaris.* Dans la mythologie égyptienne, on attribuait aux abeilles le rôle de choisir les élus des dieux ou les dieux eux-mêmes. Pour adoucir leurs humeurs, les Égyptiens offraient à leurs dieux des ruches entières. Dans la mythologie grecque, le miel était l'aliment principal des repas de l'Olympe, et cela plaisait bien à Marcelline.

Bien que mariée, Marcelline pensait souvent au seul homme qui avait vu dans son cœur. La nuit, elle l'entendait dans ses rêves et, parfois même, elle lui écrivait des lettres qu'elle déchirait au petit matin.

Dans mon cœur, tu es comme un prêtre, habillé de blanc et silencieux. L'amour suinte de ta peau. Tu ne dis rien. Tu restes imbibé de ce silence. Des mots à ne pas prononcer. Tu poses sur moi un regard de fauve, meurtrier. Un regard qui pourrait si facilement tout usurper. Des dangers évidents subsistent dans ta pupille. Des désirs qui pourraient contrevenir à ma croissance. M'ossifier. Me faire périr dans l'enfance. Je tente de survivre à l'effroyable assaut.

J'ai envie que tu me donnes quelque chose. J'ai envie que tu me dises volontairement, sans que je te le demande : « Tu es la seule au monde. Je suis renversé. Je suis là. Je suis ce que tu cherches. » Je veux que tu te mettes à genoux pour le dire, que tu avales du poison pour me faire comprendre que, sans moi, tu ne veux plus être là. Je veux exister en toi. Je veux te dévorer le cœur, faire moisir ta valve périnéale. Je veux être la cause de ta maladie incurable. Je veux te faire trembler. Je veux que, devant moi, tu t'agenouilles. Je veux que tu remarques mes cheveux qui brillent dans les rayons du soleil.

Tu as fait ta route, pas trop loin de chez toi, trop près pour que je puisse te retrouver. Si j'étais restée, tous les jours, j'aurais eu peur. Peur de toi, peur de moi, peur de l'avenir. Tous les jours, j'aurais eu peur, tous les jours, j'aurais fait des efforts. Tous les jours, j'aurais lu des livres, des revues scientifiques pour t'impressionner. J'aurais voulu m'inscrire dans ta généalogie. Mais j'ai préféré une vie simple. Confortable.

43

Faro a Colomb

Tommy m'a dit plus tard que Marcelline relisait souvent la carte postale que je lui avais envoyée de Santo Domingo. Elle l'avait glissée dans la fente d'une armoire de leur cuisine, au-dessus du comptoir où elle coupait les légumes. Sur un tableau en liège, à côté, était épinglé un sac en plastique contenant des pétales de roses séchés de sa grand-mère. Une fois, Tommy l'a surprise en train de découper un kiwi en forme de rose. Elle pleurait parfois en reprenant ma carte. J'avais choisi de la laisser aller, de m'éloigner d'elle. C'était la meilleure façon de lui montrer mon amour.

Santo Domingo, le 11 janvier 2011

Chère Marcelline,

À la pêche on appelle l'écarté le poisson qui s'est éloigné du banc. Je me sens souvent de ceux-là qui font leur chemin ailleurs qu'avec le troupeau. Je ne vais pas rentrer de si tôt, car j'ai choisi de vivre sur le seuil d'une caldera pas très loin de Santo Domingo. Je suis sur les traces de Rosaire. Ici il y a des volées de flamants roses, et je nage souvent en compagnie de trois raies manta. Tous les matins, je mange un brazo de reina, *littéralement « bras de reine »,* *un tamale, spécialité de la région.*

J'ai loué une petite hacienda rose. Les rues de mon village sont en sable. Les gens marchent pieds nus mais ils dansent aux arrêts de bus et dans la rue. Les restaurants et les cafés sont éclairés à la bougie, et l'on entend des musiciens jouer des accords mélancoliques toute la nuit. À Saint-Domingue j'ai visité le Phare à Colomb, un mausolée dont certains disent qu'il abrite les cendres de Christophe Colomb. Ma première sortie en mer a été si miraculeuse que le pêcheur a fait un signe de croix quand il a posé le pied sur terre. Manger de l'omble chevalier ne me manque pas. Mais je m'ennuie de toi. Depuis que je n'ai plus de frère, je cherche une famille partout.

Ambroise

Remerciements

Merci à Alexandra Kinge, ma première lectrice, à Mathieu pour sa mémoire infaillible et ses histoires de Baffin, à Marc-André, mon motivateur préféré, et à Gilbert qui m'a appris la signification du mot persévérance. J'aimerais également remercier le Conseil des arts du Canada et le Conseil des arts et des lettres du Québec pour leur soutien.

Table